¿Pueden Los Rayos Golpearte Dos Veces?

REGINA PRICE

authorHOUSE®

AuthorHouse™
1663 Liberty Drive
Bloomington, IN 47403
www.authorhouse.com
Teléfono: 1 (800) 839-8640

Esta es una obra de ficción. Todos los personajes, nombres, incidentes, organizaciones y diálogos en esta novela son o bien producto de la imaginación del autor o son usados de manera ficticia.

Publicada por AuthorHouse 08/29/2019

ISBN: 978-1-7283-2515-6 (tapa blanda)
ISBN: 978-1-7283-2514-9 (tapa dura)
ISBN: 978-1-7283-2513-2 (libro electrónico)

Numero de la Libreria del Congreso: 2019912756

Información sobre impresión disponible en la última página.

Las personas que aparecen en las imágenes de archivo proporcionadas por Getty Images son modelos. Este tipo de imágenes se utilizan únicamente con fines ilustrativos. Ciertas imágenes de archivo © Getty Images.

Este es un libro impreso en papel libre de ácido.

Capítulo uno

Decido que la cárcel es la respuesta.

La mayoría de la gente contemplaría el espectáculo de una esposa y madre entrando en una prisión federal como una tragedia. Yo lo veo como una forma de ganar armonía familiar, además de fama y grandes riquezas.

Pienso en esto mientras rasco el hielo del parabrisas de nuestro Chevy Mark III convertible *beige* recubierto de nieve. Es otra mañana sombría en Maine. Pero ¿qué se puede esperar cuando vives en una parte del país que está más al norte que la mayoría de las áreas pobladas de Canadá?

Llevo veinte minutos rascando el hielo cuando Barb, mi amiga y vecina de la puerta de al lado, rompe mi ensueño.

—Feliz cumpleaños, Molly. —Barb me habla desde su monovolumen de color cacao. Sospecho que está todo limpio y calentito porque su marido Mitchell habrá salido temprano para arrancárselo. Dentro del Mercedes está su hijo perfecto, Billy, quien creo que un día se casará con la mejor amiga de Chelsea Clinton.

Barb pone el freno de mano y sale de su cálido vehículo de lujo. Tiene un aspecto estupendo. Barb siempre luce fantástica, pero tiene un no sé qué que va más allá. Es lo que la convierte en Barb. La mejor manera de explicártelo es decirte que Barb lleva su visón a todas partes. No solo a la ópera o para salir a cenar. Barb se lo pone para ir a los almacenes Shoppers Fair, a la farmacia, a las charlas escolares e incluso para ir a la pista de hielo. Sabe que es políticamente incorrecto y no le importa. Es una de las razones por las que la quiero.

Barb frunce el ceño.

—Nunca conseguirás limpiar ese parabrisas a tiempo. Te vienes conmigo.

Sacudo la cabeza.

—No entramos todos en tu auto. —Despúes de todo, yo tengo cuatro hijos jugadores de hockey y ella uno. Es un aspecto, probablemente el único, en el que he superado a mi amiga: el departamento de Producción de Seres Humanos.

Barb alza levemente la ceja izquierda.

—¿Y? Los equipos pueden ir encima.

Aunque admiro su audacia, soy incapaz de detener el temor que me invade cuando veo la reacción de mis cuatro tesoros, los dulces hijos de mi juventud. De pie juntos en el garaje, vestidos con todo el equipamiento de hockey, Dash Júnior, Bobby, Wayne (bautizado así en honor al Gran Gretsky) y Dart, completamente vestidos con hombreras, protecciones en el cuello, coderas, espinilleras y pantalones de hockey, son un espectáculo formidable. Me pregunto qué sucedería si se enfadaran y me golpearan con sus *sticks* de hockey. Pero me recompongo. Después de todo, esta es mi familia.

Júnior, de quince años, toma la iniciativa.

—¿El monovolumen? Nunca entraremos en el monovolumen, no con todo el equipo puesto. —El labio inferior de Júnior se dispara. Es el que se parece más a mí y reconozco esa señal clara de problemas—. ¿Se ha ido ya papá?

Me pregunto cómo puede hacer esa pregunta siquiera, ya que nuestra rutina por las mañanas es exactamente igual todos los días. Primero se marcha Dash a visitar su obra de construcción. Después yo llevo a los niños a la pista de hielo. Más tarde, Dash conduce su auto hasta la pista para entrenar a los equipos de los chicos.

—Pondremos las bolsas de hockey encima —respondo con calma.

Bobby, mi segundo hijo, cuyo principal activo para alcanzar la fama (además de llamarse como Bobby Orr, la leyenda del hockey) es que es el patinador más rápido de la familia y posee la mejor finta de izquierda a derecha, decide ayudar a su hermano mayor.

—Papá dijo que no hiciéramos nunca eso. Papá dice que el polvo de la carretera puede estropear el equipo. ¿Qué le pasa a nuestro monovolumen?

He aprendido unas cuantas cosas sobre cómo manejar a mi prole, y una de ellas es no dar explicaciones. Inmediatamente ven las explicaciones como indicios de debilidad. Así que miro severamente a los cuatro.

—Quiero las bolsas encima del auto de la señora Richmond.

Bobby, que sé que está destinado a ser abogado algún día, se estira en toda su altura.

—Mamá, solo quiero que sepas que, si hay algún problema, como por ejemplo que falten tornillos del casco, que se desencaje la rejilla o que se rompan las correas, se lo voy a decir a papá.

—Gracias por la advertencia. —Solo soy sarcástica a medias, porque sé que Bobby cree de verdad que me está haciendo un favor al expresarme directamente a mí su descontento. Se imagina que esto me da la oportunidad de corregir mi conducta antes de que se vea obligado a acudir directamente a su padre, mi esposo, el entrenador. Así que mi polluelo F. Lee Bailey sí siente una pequeña debilidad por mí en su corazón.

Mientras Barb y yo hacemos nuestro peregrinaje diario a la pista de hielo para asistir a uno de los varios entrenamientos programados para cada maldito día de la semana, apenas nos hablamos, porque la población del vehículo está virtualmente dividida en dos campos enemigos: ellos y nosotras. Es un poco como un trayecto en auto con Al Sharpton y Rush Limbaugh. ¿Qué se puede decir que no acabe en una confrontación física? Barb hace un solo comentario. Sabe que es seguro porque los chicos no lo van a entender.

—¿Tuviste ese sueño anoche?

Asiento con la cabeza. Tengo un sueño recurrente que se reproduce como un rollo de película, siempre el mismo, fotograma a fotograma, excepto que cada vez que se reproduce continúa un poco más. El sueño es lo más dulce y placentero que me ha sucedido por la noche en años. Y sí, eso incluye el sexo y un Hagen-Daaz a medianoche.

—Me gusta ese sueño. —Barb me lanza una mirada conspirativa que nos mantiene así hasta que llegamos a la pista de hielo y nuestros malhumorados y abatidos hijos se apresuran a entrar en la pista, excepto Billy, el niño perfecto, que se queda rezagado para decir adiós a su madre. Cuando por fin se marcha y nos quedamos a solas en el auto, le relato a Barb los deliciosos detalles del sueño.

3

Mi sueño siempre empieza igual. Es la típica fiesta de Hollywood. Custodiando la puerta hay un guarda de seguridad privado con camisa de seda y zapatillas Nike. En el interior todo es lujo y ostentación. En realidad, es una reunión pequeña. Tan solo Demi y su grupo, Nicholson y su grupo, y Cruise, por supuesto, Cruise.

Aunque me paso la vida llevando zapatillas de deporte olvidadas a la escuela y manteniendo la colada blanca y brillante, aunque nunca he estado en L.A., y mucho menos en una fiesta de Hollywood, todo me parece perfectamente natural y acogedor.

Bueno, entonces entra él. El grupo se divide. Lleva puesta ropa informal de estilo californiano, pero nada estridente. Físicamente no es muy grande y, sin embargo, da la sensación de ser enorme. Es la esencia de un magnate de Hollywood en todos los aspectos. Después de todo, es... Sylvester Stallone (en realidad se trata del joven Sylvester Stallone, con el aspecto que tenía en su primera película de Rocky).

Ya sé que Stallone se dedica a rociarlo todo de balas. Ya sé que arrastró por el fango las últimas secuelas de sus héroes de acción. Ya sé que no es precisamente un héroe para las personas que se consideran literarias. Pero créeme, *yo* no lo invito a mi dormitorio cada noche. Simplemente viene.

Hay una cualidad intensa y brillante en la luz que rodea a Sylvester, pero lo desecho y me quedo con el hecho obvio de que Sylvester se ve arrastrado hacia mí. Llegados a este punto, debería mencionar que voy arreglada, no con las botas manchadas de nieve que utilizo para la mayoría de los inviernos de Maine, sino con un vestido de terciopelo verde oscuro que, por alguna razón, logra que todas las rubias de metro ochenta tengan un aspecto pálido y enfermizo, como si hubieran comido demasiadas ostras y tal vez vayan a acabar vomitando.

Aunque Sylvester se queda cautivado por mi belleza (cuyo poder reconocen todos los hombres y mujeres de la sala, y es una de las mejores partes del sueño), hay algo más en mí que le fascina. Camina hacia mí a través de la concurrida sala.

Baja la mirada hacia mí con ojos de pesados párpados y dice:

—Adrian, ¿te quitarías el sombrero? —Hasta este momento no sé que me llamo Adrian. Pero sonrío, me gusta. Sylvester tiene una voz asombrosa que no se parece en nada a las palabras farfulladas brutalmente en sus películas. No, esta voz es profunda, masculina e intelectual. Por algún motivo, despierta en mí una respuesta animal y siento que tengo que dar una contestación adecuada. Dado que no llevo sombrero, en su lugar me quito el cabello.

Da igual, a Sylvester también le gusto calva.

Mientras hablamos, poseo toda su atención embelesada. Lo tengo atrapado con mi ingenua actitud provinciana del noreste. Soy algo exótico para el sur de California. Soy verdadera... Soy auténtica.

Permanece a mi lado toda la noche, ignorando por completo a sus preciosas acompañantes rubias. No bebemos. No festejamos. Nos limitamos a mirarnos a los ojos.

A medida que avanza la noche y soy más consciente del Stallone real, de su empuje, sus éxitos, los problemas que acarrea la sobreexposición creativa y la falsificación artística, me doy cuenta de que no se parece en nada a su imagen hollywoodiense. Es inteligente. Es gracioso. Y posee conocimientos enciclopédicos sobre la historia de la Antigua Roma. Pero, mientras charlamos, también me doy cuenta de que, tejida como una red que atraviesa todo lo que hablamos, se encuentra también nuestro reconocimiento e interés primordial en la historia, y eso es lo que de verdad nos acerca el uno al otro. Aunque parezca una fuerza poderosa, vibrante e incluso sexual, en realidad se trata del encuentro de dos mentes, la fusión de dos almas. A ambos nos encantan las historias.

Por lo demás, trato de no coquetear, pero soy tan buena flirteando que no puedo remediarlo. Él está encantado, por supuesto. Al ser un hombre, Sylvester no entiende inmediatamente cuál es nuestro verdadero destino. Totalmente sometido y completamente enamorado, es un juguete en mis manos. Aun así, conserva la dignidad que corresponde a una gran personalidad del entretenimiento, héroe de Hollywood y magnate. Lo que significa que no se pone de rodillas (esta es otra parte realmente buena).

Consigo rechazarlo, no porque sea capaz de resistir esos ojos de párpados pesados o esos musculosos pectorales, bíceps y tríceps, sino porque yo, de una forma totalmente femenina, ya he comprendido cuál va a ser la verdadera naturaleza de nuestra relación. Respiro profundamente.

Capítulo dos

Me vuelvo hacia Barb.

—Y ahí es donde acaba el sueño.

Barb deja escapar un sonoro gruñido.

—Has estropeado el final. El final adecuado es cuando él cae de rodillas, tú firmas un acuerdo prematrimonial y te conviertes en la señora de Sylvester Stallone.

—No, no —protesto—. Él me propuso matrimonio e incluso desechó el acuerdo prematrimonial.

—Eso no lo has mencionado. —Barb se mete un Tic-Tac entre los dientes—. ¿Y?

—No me pareció bien.

Ahora Barb se pone gruñona. No lo entiende. Intento explicarle que Sylvester necesita dos psiquiatras para que lo ayuden a superar la grave depresión que sufre a consecuencia de mi rechazo de su proposición de matrimonio, pero a Barb le da igual. Está enfadada conmigo. Para Barb, el verdadero test en el mundo femenino es: ¿Eres buena en ser mujer?

A veces me pregunto si no tendrá razón en eso. Nos dirigimos a la pista de hielo para ver el primer entrenamiento que, de hecho, es para el equipo de Dart y Billy Richmond.

Cuando entras en un edificio en invierno, esperas sentir calor. Después de todo, se trata de un lugar construido por el ser humano para su alivio y bienestar frente a los elementos. No en nuestra pista de hielo. Construida en piedra hace cincuenta años con el objetivo de ofrecer un espacio para la exhibición de caballos de pura raza, en realidad en nuestra pista de hielo hace más frío que en el exterior. La piedra mantiene el frío, y el equipo de

6

fabricación de hielo añade un frío aún más intenso. Así que lo que sientes cuando entras en el recinto de nuestra pista de hielo en invierno es, en realidad, una oleada de aire gélido.

Hay también un sonido muy particular que, con el tiempo, los padres acaban amando u odiando. Es el sonido de los patines sobre la superficie de juego, el sonido del acero sobre el hielo. Y este sonido se mezcla con un olor frío e indescriptible: el olor del hielo.

Mientras Barb y yo caminamos, vemos a las madres del hockey acurrucadas sobre los tableros curvos del antepecho la pista. Al igual que las *babas* de Ucrania (en estos momentos estoy estudiando ruso y teatro), son matronas bulliciosas y ruidosas. Sus traseros son enormes globos de grasa embutidos como salchichas en ajustados *jeans* azules y, alineadas contra el lateral de la pista, parecen eslabones regordetes de la misma ristra de salchichas.

Siempre que Barb las mira, sisea como una vampiresa que ha visto una cruz.

—Focas —dice con desdén. Yo no digo nada porque tengo un sobrepeso de veinte kilos y, aunque no llevo *jeans*, me aproximo demasiado a su tamaño para emitir ningún juicio.

En realidad, he comprobado que la mayoría de las mujeres de este polideportivo están gordas o, como mínimo, rechonchas. De hecho, Barb es la única mujer delgada de todo el edificio. Un día, cuando le pregunté por qué era así, respondió:

—Es muy sencillo: soy una zorra, y las zorras no engordan nunca.

Barb y yo nos movemos hacia la valla desde donde el resto de padres contempla el entrenamiento. A algunos padres les encanta mirar, pero yo nunca me he sentido así. Generalmente paso el tiempo tomando café y donuts glaseados de la cafetería. Barb nunca come nada de la cafetería. Ni siquiera bebe café. Dice que el café está demasiado cerca de los donuts.

Cuando los dos equipos forcejean, un chico de doce años arponea a otro. En hockey (o, lo que es lo mismo, la palabra que empieza por H), arponear significa que tu oponente clava el extremo del *stick* de hockey en tu cuerpo, preferiblemente en tu plexo solar, justo donde no llegan las protecciones. Lo sé porque he visto cómo les sucede a mis hijos. También he visto a mis hijos ejecutar con pericia esta maniobra sobre otros chicos. Mientras el jugador lesionado permanece tendido sobre el hielo, Mitchell

Richmond, el marido de Barb, se desliza por el hielo sobre sus zapatillas de nieve L.L. Bean para ver cómo se encuentra el niño.

Mi marido Dash, el entrenador del equipo, pasa patinando por delante de Barb y de mí, ejecutando una frenada sobre un pie que nos habría rociado de nieve si no fuera por los tableros que hay entre nosotros.

—Hoy están jugando muy duro —dice con orgullo.

Últimamente, cuando lo miro es como si no lo hubiera visto antes. Es un hombre grande y atractivo. Antes pensaba que tenía ojos inteligentes. De hecho, pensaba que era un intelectual. Después de todo, estudiamos Periodismo juntos en la universidad, y Dash trabajó como periodista deportivo para la *Bangor Gazette* antes de hacerse cargo del negocio de construcción familiar. Y sigue enseñando periodismo a tiempo parcial en la universidad, motivo por el cual ha sido especialmente tolerante con mis continuos estudios (tengo tres títulos de postgrado y todos los créditos me salieron gratis).

Mis ojos viajan desde Mitchell, que está atendiendo al jugador caído, hasta Dash. Mitchell aparenta los cuarenta años que tiene, porque su cabello ha clareado un poco y su cintura ha aumentado de tamaño. Dash, a excepción de unas pocas arrugas faciales, está tan fuerte y delgado como cuando nos conocimos.

Y ahora sé por qué: porque Dash es un deportista. No sé por qué ese hecho me eludió durante tanto tiempo. Supongo que es una cuestión de orientación principal. Sí, Dash es un hombre de negocios y sí, es profesor, pero ante todo es deportista. Suspiro inconscientemente. Odio a los deportistas y no tengo ni idea de cómo acabé casándome con uno.

El niño lesionado aún no se ha levantado, lo que quiere decir que muy pronto Dash tendrá que fingir una cierta preocupación superficial patinando hasta allí. Levanto el brazo, creyendo que voy a tocar a Dash que está a solo unos centímetros. En lugar de eso, hago la cosa más estúpida del mundo. En realidad, hago una petición.

—Salgamos a cenar esta noche. Tengo niñera y es mi cumpleaños. —No señalo que él parece haber olvidado este cumpleaños, que es además mi gran cuarenta cumpleaños, igual que olvidó los dos anteriores.

Dash me mira como yo si hubiera perdido todo contacto con la realidad.

—Esta noche hay partido.

—Hay partido todas las noches.

Pero el chico lesionado ya está de pie y Dash se aleja patinando, feliz de haber escapado sin tener que contestar. Lo miro mientras se desliza confiadamente sobre la superficie helada y Barb observa:

—Está en una forma estupenda, ¿verdad? —Creo su percepción es totalmente una cuestión de distancia.

Con facilidad practicada me deshago del rechazo de Dash. Un donut y un café más tarde, estamos todos de nuevo metidos como sardinas en lata en el auto de Barb para el trayecto que llevará a los niños a la escuela. Y sé que, después de esto, podré relajarme y hablar con Gita.

Me reúno con Gita Habandouge, mi terapeuta, una vez a la semana, lo cual normalmente nos funciona bien a las dos. Pero esta ha sido una semana especialmente difícil para mí y he reprimido mis sentimientos de tal forma que tengo la sensación de estar a punto de estallar. Ansío con cada célula de mi cuerpo contarle exactamente lo que necesito hacer.

Capítulo tres

—Quiero lanzarme a su pecho con las manos desnudas, como hacían los antiguos sacerdotes mayas, y arrancarle el corazón mientras todavía late.

Gita simplemente me dedica un «ajá».

—Quiero colgarlo por las manos y bajarlo lentamente a un foso de chacalesvoraces. —Es un castigo real que se empleó en la época de la decadencia del Imperio romano, durante el reinado de Galba.

Esto solo se merece una inclinación de cabeza.

—Quiero dejar de cocinar... para siempre.

Esta vez mi psiquiatra Gita Habandouge alza la mirada. Tiene el cabello rubio teñido con una permanente y lleva gafas rojas, como Sally Jesse Raphael. Gita estira la espalda y me mira. Incluso se quita las gafas rojas, un gesto que reserva para las situaciones más graves.

—Es una buena forma de expresar tus sentimientos. Pero ¿te das cuenta de que es exactamente lo mismo que dijiste la semana pasada?

—No —protesto. Estoy segura de que se equivoca. Solo llevo dos años y medio viniendo a esta casa preciosa y segura. Apenas he empezado a esbozar mi problema. No puedo haberme repetido.

—¿Te gustaría que te pusiera la grabación de la semana pasada?

Bajo la vista hacia la grabadora, que aún está funcionando. Para empezar, nunca debí haberle permitido que me grabase. Pero ¿quién habría pensado que un miembro de la profesión sanadora la usaría para un fin tan cruel?

Gita se pone de pie autoritariamente. Durante todo el invierno viste únicamente ropa de los colores más brillantes: chaquetas plateadas, pantalones con estampados de animales, bolsos rojos, zapatos rosas. Y se lo pone todo a la vez. Hoy luce un suéter de cachemira fucsia, pantalones elásticos negros y zapatos plateados. Mi teoría es que la única razón por la que Gita puede hacer estas combinaciones de vestimenta y seguir manteniendo su consulta es que está capacitada para el análisis freudiano y junguiano, así como para la modificación de la conducta y la programación neurolingüística. Como siempre, sus movimientos están llenos de fortaleza e intensidad, exactamente igual que su voz profunda y de fuerte acento.

—Molly, ¿qué has aprendido en los últimos dos años?

Me encojo de hombros.

—Molly, quiero que mires las fotografías que tengo en la pared.

Me sorprende no haber advertido antes la presencia de estas fotografías con marco dorado; estoy segura de que acaba de colgarlas. Después de todo, he memorizado toda la habitación, desde el revestimiento de caoba hasta los cortinajes de terciopelo color burdeos. Por todas partes hay estatuas de mujeres: una geisha, Juana de Arco, guerreras amazonas. Dentro de su despacho siempre me he sentido a salvo y protegida. Pero ahora Gita ha abierto la boca para hablar y, como siempre, me siento verbalmente superada por ella.

—Esta es Mahtob. Esta es Maryam. Esta es mi madre y esta soy yo.

Estudio las fotografías y en todas aparecen mujeres cubiertas con chadores negros fotografiadas bajo la brillante luz del sol contra muros blanqueados de piedra. Todas parecen sombras.

—No pareces tú —respondo, entrecerrando los ojos para tratar de adivinar cuál de las sombras negras es Gita.

Pero ahora me aparta a rastras de las fotografías y me mira fijamente con sus ojos hundidos.

—Así es como crecí en Irán. Tapada con el velo. Con reglas sobre lo que podía comer, lo que podía decir y con quién podía hablar. Más reglas de las que puedas imaginar. Pero mírame ahora, soy una mujer diferente.

Esto me ayuda a comprender por qué Gita lleva puestos a la vez todos los colores del arcoíris. Está recuperando el tiempo perdido. De nuevo me arrastra con su hipnótica voz extranjera.

—Pero no me convertí en la mujer que soy gracias a la terapia estándar. Sabes lo que es la terapia estándar. Es lo que hemos estado haciendo juntas. Vienes y me cuentas tus sentimientos, y yo respondo y esperamos a que se te ocurran nuevas ideas. Está bien, pero es una pérdida de tiempo enorme.

Inmediatamente me pongo nerviosa. No me va a echar, ¿verdad? Justo cuando me he acostumbrado a venir aquí, justo cuando confío en ella lo suficiente para profundizar y quejarme de verdad, protestar de verdad. No me haría eso, ¿o sí? La miro con miedo real.

—Pero Gita, me siento mucho mejor después de venir aquí. —Para darle más énfasis, le toco la mano.

—Claro —dice con brusquedad, casi desapasionadamente—. Pero ¿y los cambios? ¿Realmente ha cambiado algo en tu vida desde que empezaste a venir?

Rápidamente repaso lo que sé sobre relaciones de terapia. Según lo que yo entiendo, se supone que el loquero debe dejar que el loco encuentre sus propias revelaciones personales a su ritmo. Pero ¿qué puedo hacer? En realidad no puedo amenazarla con denunciarla sin alterar nuestra relación terapéutica.

Gita agita sus gafas rojas en mi dirección.

—Sigues teniendo dolores de cabeza —me acusa.

Asiento con la cabeza con sentimiento de culpabilidad, pero también pienso: «¿Hay un calendario en todo esto? ¿He fallado un examen? ¿Debo cumplir algún tipo de calendario del que nadie me ha hablado?». Mi plan básico consistía en venir aquí todas las semanas y descargar mis quejas. Mientras tanto, continuaría viviendo con mi difícil y exigente esposo. Me pareció un plan excelente, diseñado por una mente brillante y excepcionalmente creativa.

—Y tu peso, me dijiste que sigues comiendo en exceso. ¿Sabes lo que dicen de la comida, Molly?

—No —respondo débilmente.

—La comida es amor.

Esto hace que me sienta tan incómoda que intento distraerla.

—He vuelto a tener ese sueño, el de Sylvester Stallone. Ahora lo tengo todas las noches.

—Molly, escúchame. —Oh, no. Adivino por ese timbre sinceramente profundo de su voz que distraerla no va a funcionar—. Molly, quiero aplicarte una terapia nueva. Quiero que esta noche vayas a casa y te enfrentes a tu esposo.

—¿Enfrentarme a mi esposo? ¿Cómo puedo enfrentarme a alguien que me ignora?

—Pero eres una mujer a la que no se puede ignorar —me dice Gita con su voz profunda y cautivadora.

—¿De verdad?

—Sí, y, esta vez, cuando le digas a tu esposo cómo te sientes y él cambie de tema o se aleje de ti, tú te quedarás «en su cara». Así es como llamo yo a este nuevo tratamiento: «en su cara».

Gita tiene la mirada fija en mí con sus magníficos ojos de Oriente Medio.

—Hazlo, Molly. Funcionará.

«Me gustaría que funcionara —pienso lentamente—. Me gustaría que algo funcionara».

—No te pongas sentimental y no pelees. Elévate por encima de la disputa, pero mantente «en su cara» hasta que responda a tus preguntas.

—¿Preguntas? —me pregunto a mí misma en voz alta—. ¿Qué se supone que debo preguntarle?

—Lo que quieras.

—Es que no entiendo el motivo para insistir en que Dash responda a mis preguntas —digo, haciendo un esfuerzo por frenar a Gita, porque no quiero que me presione para que le haga ninguna promesa sobre lo que voy a hacer. Si se lo prometo, sé que la semana que viene Gita esperará que le cuente lo sucedido, y entonces tendré que inventarme algo. Me doy cuenta de que mentir a tu terapeuta no es muy rentable, pero a veces es lo más fácil.

—Estás buscando la verdad, Molly.

—Suena muy... —me esfuerzo en encontrar la palabra adecuada—irritante.

—La terapia no consiste en que te sientas bien, Molly. La terapia consiste en adquirir conocimiento. —Aquí Gita se detiene para lograr el efecto que desea—. Y Molly, el conocimiento es poder.

—Yo nunca he tenido poder —digo, retorciéndome en el sillón reclinable de cuero rojo burdeos.

Gita se humedece los labios.

—¿Y libertad?

La palabra me da vueltas en la cabeza por unos instantes, como un recuerdo infantil. Libertad... Huele a brisa fresca y paseos junto al mar, suena a hojas de palmeras meciéndose con el viento de la mañana, y me veo forzada a admitirlo.

—Definitivamente, la libertad es un concepto deseable.

Naturalmente, Gita me presiona para su beneficio.

—Entonces, ¿estás de acuerdo en intentarlo?

Capítulo cuatro

Mientras conduzco mi monovolumen Chevy por la nevada calle Genesee, me subo las gafas y me masajeo el puente de la nariz, sabiendo muy bien que no debí haber aceptado las exigencias de Gita. La semana pasada le dije que hoy era mi cumpleaños, igual que le dije que esta mañana tenía programada la gran reunión con mi grupo literario. Obviamente, tengo suficientes cosas en la cabeza. No debió presionarme. Gita se está volviendo demasiado insistente últimamente.

Al volante del monovolumen, miro a los conductores de los otros vehículos. Siempre me dejan mucho espacio cuando voy subida a esta cosa. Creo que me temen. Aunque comprarlo fue idea de Dash y el objetivo principal del monovolumen es transportarnos a las actividades de la letra H (partidos de hockey, hoteles, conferencias de la AHA, seminarios para entrenadores, cursos de árbitros), me sigue encantando.

En primer lugar, es como una pequeña casa sobre ruedas. Dentro puedes leer, dormir, comer, ver la televisión o jugar con la Nintendo. ¿Qué padre trabajador en su sano juicio no pagaría 1.400 dólares más por un vehículo que garantiza anestesiar completamente a toda la familia durante todo el tiempo que dure cualquier viaje?

Pero mi amor por este monovolumen es más profundo que todo eso. La razón por la que estoy loca por Victor (ponerle nombre fue un impulso irresistible) es que, cuando conduzco por la autopista, cara a cara con los camioneros, tengo una sensación que hacía mucho que no experimentaba.

Me siento fuerte y poderosa. Claro que mi debilidad puede tener alguna relación con mis elecciones en la vida. Que lleve años escribiendo ficción en el sótano de mi casa sin vender absolutamente nada no ha ayudado demasiado a mi autoestima.

Tengo que admitir que nunca supuse que pasaría por un aprendizaje tan largo en el mundo de la escritura. Porque a la edad de nueve años empecé mi primera novela sobre una niña llamada Molly que —sorpresa, sorpresa— en realidad era yo. Molly lo controlaba todo en el mundo. La mecánica de su dominación era tal que el mundo y sus habitantes poseían libre albedrío hasta que sucedía algo que a mí no me gustaba. Esa misma noche decidía qué cambios necesarios se llevarían a cabo para rectificar la injusticia del día. Mi poder ilimitado era secreto. Nadie sabía ni sabría o descubriría jamás que yo era en realidad quien gobernaba el universo.

En otras palabras, en cuarto grado puede que te salgas con la tuya llamándome chiflada durante el recreo del martes. Pero te garantizo que para el miércoles por la mañana ya tendrías una segunda nariz creciéndote en la cara.

Entonces sentía, al igual que ahora, que este saludable deseo de justicia es el impulso motivador de mi escritura. Lo que no entiendo es por qué mi talento está tardando tanto en ser reconocido cuando siempre he sabido en lo más profundo de mis huesos, de mis tripas, de todos esos lugares de donde obtienes los verdaderos sentimientos (y esto deja fuera a la cabeza) que sería una gran escritora.

Permíteme que defina grande: grande como en perspicaz, sabia, incisiva, mítica, incluso asombrosa, pero siempre una autora que ofrece una lectura rápida y fascinante. Así que me quedé aturdida cuando mi primer intento fue rechazado. Era una novela de misterio sobre un fiscal de distrito asesino que es también instructor de aerobic y logopeda. Me había imaginado que, como ya tenía mi título de Derecho (uno de los tres títulos de postgrado que poseo) y había ido a unas cuantas clases de aerobic, tenía un talento natural para desarrollar un éxito de ventas en este género en particular.

Cuando esto no sucedió, de rebote volví a matricularme en el programa de Escritura Creativa de la universidad. Durante este intenso periodo, aprendí que Ernest Hemingway es el rey o «papa» de la escuela minimalista de la escritura literaria. También aprendí que, aunque Ernest dijo: «Los buenos escritores únicamente compiten con los muertos», hay muchos minimalistas que escriben en este sobrio estilo moderno.

Durante el programa de dos años que culminó con la obtención de un máster en Arte, escribí una colección de relatos cortos sobre la clase media, esposas de mediana edad que hacen cosas como cocinar y cuidar el jardín. Pero ya sabes que este estilo de escritura es francamente reducido. No quieren que uses palabras redundantes, personajes superfluos y, sobre todo, no quieren que tus personajes se embarquen en acciones innecesarias e increíbles. Tengo problemas para escribir así, tal vez porque en realidad no soy una persona minimalista.

Así que, mientras escribo mis relatos cortos, tengo que desahogar mi verdadera personalidad escribiendo algo animado... algo divertido. Pronto tengo más de cuatrocientas páginas de una novela de detectives. El título provisional es *Margaret White, I. P.* Margaret White es una chica de pensamiento libre y edad indeterminada, una investigadora privada que posee un estilo propio y único.

Hoy mi grupo de escritura ha acordado abandonar su formato habitual (normalmente sacamos un número para determinar el orden de lectura y ofrecer nuestras críticas en orden circular a medida que acaba cada lector) y empleará todo el tiempo de la reunión criticando mi novela, de la cual distribuí copias la semana pasada.

Así que estaciono con gran expectación la casa sobre ruedas, mi gran Chevy *beige*, delante de la casa de Rachel Durrell, que siempre ha sido la anfitriona de nuestras reuniones. Recorro el camino de entrada y atravieso esas grandes puertas con vidrieras artísticamente decoradas con telarañas de plomo. «Muy a propósito —pienso—, por la cantidad de años que llevo viniendo a esta casa».

El vestíbulo de la casa de Rachel está ostentosamente adornado con fotografías de Mapplethorpe: *Lirio cala, 1987, La berenjena, 1985.* Hay también unas cuantas láminas de David Hockney y Roy Lichtenstein. En el despacho de Rachel, los estantes están repletos de los libros de pensamiento favoritos de los noventa: Susan Faludi, Germaine Greer y un tratado sobre Sudáfrica, por no mencionar la novela más reciente de un autor japonés nuevo sobre un adolescente transexual. Suspiro, hoy en día todo parece tratar sobre la transexualidad.

Hoy Rachel lleva puesta su camiseta favorita, «El Diablo me ama», que le robó a su hija Sasha, una satanista vegetariana que, a pesar de su corte de pelo a cuchilla, sigue siendo una copia exacta de Margaret Hamilton en su papel de Malvada Bruja del Oeste. En el grupo de escritura, siempre que Rachel menciona cualquier cosa sobre Sasha, todos soltamos unas risitas indulgentes al conocer las distintas fases que atraviesa su hija. Estas fases incluyen recoger desconocidos de la calle a quien su madre ofrece alojamiento alegremente, saltarse la escuela cuando no hay ninguna protesta que organizar y desaparecer durante largos fines de semana para reunirse con su aquelarre.

Mi opinión personal es que, si abriera el periódico por la mañana y leyera que Rachel había sido destripada y comida por Sasha y sus amigos, lo único que me sorprendería sería que Sasha hubiera roto su juramento al «Gran Dios Vegetal». Pero oye, yo también tengo mis problemas en casa.

Llego un poco tarde y me he perdido el tiempo de charla. Mi grupo está formado mayoritariamente por autores publicados del programa de escritura de la universidad y, aunque yo nunca encajé de verdad en el programa, estoy ansiosa por oír su opinión. Muy especialmente quiero conocer la opinión de Gordon Durkee.

Gordon es la única persona del grupo que ha publicado una novela completa. De hecho, ha publicado varias novelas con buenas críticas y ha recibido una nominación para el premio PEN/Faulkner. Acaba de regresar de pasar dos años sabáticos en la ciudad de Nueva York, un tiempo bien empleado socializando con el ambiente literario del Upper West Side. A pesar de su éxito, siempre he considerado a Gordon como un amigo, además de colega. Así que soy muy optimista justo hasta el momento en el que Gordon vuelve sus pequeños e inquisitivos ojos hacia mí y declara:

—Envidia del pene.

Capítulo cinco

—¿Envidia del pene? —balbuceo.

Gordon es el líder extraoficial de nuestro grupo de escritura y no hay un segundo líder a quien pueda acudir en busca de ayuda. Aunque podría haberme valido de mi máster en Escritura Creativa para conseguir un trabajo a tiempo parcial enseñando Literatura de Ficción en la escuela universitaria Carlson, esto no significa nada aquí, porque la estrella de Gordon nos ha eclipsado a todos. Tiene amigos literarios que lo llaman no solo de Nueva York, sino también de Londres, París y Marbella. Me cruzan por la cabeza varias respuestas, pero Gordon es literalmente demasiado grande para insultarlo. Fingiendo mi mejor pose de Miss Piggy, lo intento:

—¿Envidia del pene? ¿*Moi*? —Probablemente es demasiado cursi, pero funciona. Todo el mundo se ríe y me libro de la situación. No es que tenga miedo de Gordon. Puedo escribir tan bien como él. No, probablemente escriba mejor que él. Pero Gordon tiene éxito y yo no.

A veces me pregunto si mi tradicionalismo tendrá algo que ver. En realidad, no soy una mujer muy de los noventa. De hecho, soy una mujer de los años setenta o tal vez de los cincuenta. Afrontémoslo: soy muy anticuada.

Para empezar, soy hetero. Lo sé, es difícil de creer. Soy una mujer cuyas fantasías sexuales son siempre sobre hombres. No creo que sea divertido tontear con una mujer solo porque sí. No me gusta que me aten y tampoco quiero posar desnuda en la autopista de Miami.

Otra cosa que me pone varios años por detrás de los tiempos modernos es que parezco anclada a esta cosa de esposa y madre, la cual, como todo el mundo sabe, está irremediablemente anticuada. Vaya, ahora he apartado

18

a todo el mundo. Y en este instante me temo que voy a tener que pagar. Me da miedo que el pequeño comentario de Gordon sobre la envidia del pene fuera simplemente una réplica. Me preparo para la estocada principal.

—¿Por qué tu protagonista principal (¿cómo se llama?) Margaret White...? —Gordon se burla del nombre con una ligera mueca, porque no registra su etnicidad en su escala de corrección política—. ¿Por qué le interesa el crimen a este personaje? No solo le interesa, sino que en el segundo capítulo ya está implicada en su resolución. —Otra mueca.

—Gordon, mataron a su hermana.

—Por supuesto, pero la policía puede ocuparse de ese tipo de cosas. —Gordon parece pensar que vivimos en la época anterior a la II Guerra Mundial y la policía es increíblemente eficiente. Pero, como Gordon es el líder, todos asienten como robots. Después de todo, ¿no nos ha dirigido con éxito a través de las tentaciones de obras frívolas, dejando atrás el pútrido pantano de lo comercial para llegar a la más elevada playa de la moderna corrección política y psicológica? Y ahora Gordon, con gran autoridad, se lanza directamente a degüello—. ¿Y por qué tiene una pistola tu heroína?

Ante esto, todos asienten con ferviente aprobación. Algunas voces añaden: «Lo tenía apuntado en mis notas» y «Eso también me ha molestado mucho a mí, Gordon». Este grupo es muy anti Asociación Nacional del Rifle. Las armas son un gran NO en este foro. Pero olvidémonos de las armas, porque ahora Gordon me está mirando con tristeza y decepción sinceras en sus ojos.

—Lo que me molesta más de tu manuscrito es la palabrería.

En este momento hay una inspiración de aire audible, como si un vacío gigante hubiera aspirado instantáneamente todo el oxígeno de la sala. Gordon me ha acusado del peor pecado de todos: demasiadas palabras.

—Deja que te ponga un ejemplo. —Se gira velozmente hacia la página marcada. Noto que la decepción y la tristeza han abandonado sus ojos, que ahora me miran ávidamente—. Tienes una frase aquí: «Margaret se arrancó con un solo movimiento el panty de Christian Dior y ató las manos peludas del hombre a su espalda».

Gordon hace una pausa efectista.

—No olvidemos nunca lo que dijo Ernest Hemingway: «La dignidad del movimiento de un iceberg se debe a que únicamente un octavo de su volumen está sobre el agua».

Llegados a este punto, siento náuseas en el estómago y Gordon vuelve a entrecerrar los ojos llenos de arrugas de sinceridad.

—Creo que deberías examinar la valía de estas palabras. Empecemos por lo principal, por Margaret. ¿Soy el único que ha notado que no había ningún personaje perteneciente a una minoría en este manuscrito?

—Se desarrolla en Minnesota —digo débilmente.

—Creo que el texto podría mejorar enormemente con una heroína más americana. Oigamos algunas sugerencias. —Después de varias polémicas de un lado y de otro sobre el expreso descafeinado con leche de almendras, el grupo decide que el nombre de mi heroína es LaToya Rosita Whitefeather. Es una mujer un tercio negra, un tercio hispana y un tercio nativa americana. Las rocambolescas posibilidades de su concepción me aturden la cabeza.

Veo que Gordon está empezando a frotarse las manos.

—Pasemos a los verbos. Por ejemplo, el verbo «arrancar». ¿No es un poco... bueno, quirúrgico? —Gordon se ríe de su propio chiste, y el resto del grupo hace lo mismo—. De acuerdo, calma todo el mundo —les dice cuando se emocionan con el destripamiento que está teniendo lugar. A mí no me parecen nada calmados. Más bien parece que estén eligiendo el árbol para atar la soga.

—¿Cuál es el siguiente verbo? ¿Ató? Ya veo, arrancó y ató. Suena muy sadomaso, muy del East Village. —De nuevo, todos vuelven a reír a mis expensas. La siguiente hora transcurre con Gordon dirigiendo la reescritura de mi frase. Se decide que «arrancó» y «ató» son verbos que transmiten demasiada acción. Se acuerda usar verbos más adecuados y menos activos votando a mano alzada y, cuando se llega a un callejón sin salida, mediante el voto secreto. Finalmente, me es revelada la frase correcta creada por el comité: «LaToya se quitó los panties y dejó inmóvil al hombre».

Atónita, dejo que el grupo siga vapuleándome un rato con críticas como «condescendiente», «de mal gusto», «torpe», «inmaduro», «disperso». Me hundo en mi silla de estilo Stickley Mission, horrorizada no por el abuso verbal sino por su gusto. ¿Cómo pueden reescribir una frase como «Margaret se arrancó de un solo movimiento el panty de Christian Dior y ató las manos peludas del hombre a su espalda»? La frase vive, respira y se desplaza ondulante por la página.

Y entonces ocurre algo sorprendente. Gordon sujeta a los perros. Como un ciervo malherido, me esfuerzo por enderezarme. Me siento recta en la silla y lucho por concentrarme en las palabras de Gordon.

—Recordemos que esto es pura experimentación —les dice Gordon con su voz profunda y autoritaria—. Molly ha sido muy valiente al aventurarse en este campo.

Un elogio. ¡Soy valiente! Espero un momento para que mi espíritu sienta la sanación curativa de ese único y solitario elogio. Pero entonces advierto que todos me están mirando, esperando mi confirmación.

—Bueno... —Es lo mejor que logro articular. En realidad, no puedo alegar que no me tomara mi manuscrito serio. Después de todo, solo escribí cuatrocientas veinte páginas sobre Margaret White.

Pero Gordon lleva la voz cantante por mí.

—¿Sabes? He estado pensando, Molly. Voy a leer en Yale el veinticinco de abril. Y necesito a alguien que comparta el estrado conmigo, que me los ponga a tono. Si leyeras pasajes escogidos de tu última colección de relatos breves, estoy seguro de que podré añadir tu nombre al programa. También me gustaría recomendar los relatos a mi agente.

Gordon no me ha hecho nunca ni siquiera un pequeño favor. De hecho, no ha sido lo que yo llamaría amistoso desde que regresó de Nueva York. Creo que todo este tiempo ha sospechado que soy una renegada del programa. Entonces, ¿por qué me ayuda ahora? ¿Siente lástima por mí? ¿O simplemente quiere mantenerme en el redil?

No lo sé. Pero sí sé que quiero leer mi obra. Es lo que llevo esperando y soñando desde hace años. Esto es reconocimiento, el sello dorado de aprobación de la élite de la intelectualidad minimalista liberal. Después de compartir el estrado con Gordon, probablemente me invitarán a leer en otras universidades. Podría ser el principio de una carrera real. Nada de dinero, por supuesto, pero sí un círculo de reconocimiento. «Reconocimiento». Pienso en ello por unos instantes.

Aunque se me está formando una cantidad extra de saliva dentro de la boca y el corazón me late en rápidas sucesiones superficiales, todavía hay una parte de mí que sabe que este no es el camino correcto.

Capítulo seis

Sé que mis relatos cortos sobre mujeres infelices que viven en barrios residenciales, quitan nieve a paladas y rastrillan hojas carecen de vida. Sé que mi mejor trabajo es *Margaret White, I.P.*, que es capaz de sacar su semiautomática Glock de 9 mm, vaciar el cargador y después, para asegurarse, echar mano de la daga de diez centímetros que guarda en una funda sujeta al liguero. Margaret White es lo que debería leer al público.

Aun así, Gordon me ha ofrecido una oportunidad, la posibilidad de empezar una carrera literaria como escritora. Así que le sonrío amablemente.

—Vaya, gracias. El veinticinco estoy libre. —Y doy gracias a mi buena suerte por haber tenido el sentido común de no vengarme de él por el comentario sobre la envidia del pene.

Sandy me sigue al salir de casa de Rachel, parloteando como solo puede hacerlo una persona del movimiento *New Age*. Sandy (su nombre completo es Sandy Brooke; todas esas gentes *New Age* eligen sus nombres) me pide que la lleve en mi auto (y ninguno de ellos tiene auto). Estoy encantada de acceder porque Sandy quiere ir al Centro de Bienestar donde trabaja como masajista, y yo llevo una temporada pensando en ir a darme un masaje. En realidad, llevo diez años pensando en darme un masaje. Es eso de la piel desnuda lo que me detiene, creo.

Pero, como es mi cumpleaños, mi actitud es un poco diferente. Creo que a este cambio de actitud ayuda el regalo de cumpleaños que me hizo Dash el año pasado. Aproximadamente dos meses después de mi cumpleaños, encontré un sobrecito blanco en la encimera de la cocina. Contenía un vale para clases de cocina en Le Matteaux, el restaurante francés local que prepara unos platos deliciosos repletos de calorías, el tipo de comida que le gusta a Dash. El regalo no me pareció especialmente considerado. Ahí fue cuando tomé la decisión de abrir las puertas cerradas de mi cerebro y echar de verdad un vistazo a cualquier posibilidad que pudiera haber pasado por alto.

Como tengo varias horas libres antes de la hora a la que se supone que he quedado con Barb, llevo a Sandy al Centro de Bienestar, un gran edificio cuadrado, blanco y funcional. Sandy insiste en que entre y, cuando le permito que me arrastre, me da un folleto de color arcoíris sobre el centro en el que se enumera una gran variedad de servicios, teniendo en cuenta nuestra ubicación geográfica más al norte que la mayoría de las áreas habitadas de Canadá.

En la categoría de técnicas de masaje veo que puedo elegir entre terapéutico, sueco, acupresión, reflexología, polaridad y reflexología podal. O puedo decantarme por el shiatsu, rolfing, craneosacral, reiki o masaje del tejido superficial y profundo. Siempre y cuando lo acompañen con nueces y una cereza encima, creo que me apunto. Pero espera, hay algo más intrigante aquí: un tratamiento de una hora para la adicción a la comida. Es algo que nunca haría en otras circunstancias, pero, como es mi cumpleaños y estoy en una nube por la oferta de Gordon, me siento envalentonada.

Reconociendo un posible «Sí» en mí, Sandy maniobra con pericia para llevarme a la oficina de Joan Smith, enfermera certificada poseedora de un título de máster. A pesar de mi entusiasmo inicial cuando conozco a Joan Smith, tengo dos cosas contra ella. La primera es que tiene un nombre real en lugar de uno de esos nombres *New Age* fantasiosos como Baby Dancer, Stronge Mann o Windy Meadows.

Lo segundo que tengo en contra de Joan es que está gorda, y no es que tenga un sobrepeso de dieciocho kilos como yo, sino realmente gorda. Estoy segura de que este pensamiento es discriminatorio por mi parte contra todas las personas horizontalmente discapacitadas. Pero me parece que es como trabajar en un salón de belleza con un peinado horrible. Piensas: «¿Será capaz de hacer un buen trabajo?».

Joan Smith, a pesar de su nombre puritano y su cuerpo de corteza de cerdo, debe estar intentando armonizar con el ambiente del Centro de Bienestar, porque lleva puesta una chapita con su nombre y un arcoíris en el lateral, igual que las demás personas que he visto en el edificio. Supongo que es espíritu de equipo, así que le concedo a Joan el beneficio de la duda y decido ignorar su falta de imaginación y sus más de noventa kilos.

Del cajón de su escritorio saca un formulario de consentimiento muy detallado. Por la forma cuidadosa en que maneja el documento, adivino que piensa que se trata de un paso importante y no una broma de mal gusto que nos está gastando alguna compañía de seguros de responsabilidad civil.

—Tenemos que analizarlo punto por punto —anuncia como si fuera un jesuita manejando una encíclica papal.

Tomo el formulario.

—Deja que lo firme y listo.

—Ah, no, debemos comprender bien todo lo que podría suceder ahí dentro.

«Venga, por amor de Dios —pienso—. ¿Qué podría pasar? O pierdo el peso o no, y francamente, no me apetece perder el tiempo».

—Ya he leído el formulario —miento—. Vine la semana pasada... no por el tratamiento, sino únicamente para leer el formulario.

—¿Estás segura de entenderlo todo? Porque es muy importante que confiemos la una en la otra, Molly. La hipnosis no funcionará si no hay confianza.

—Y esperanza —aporto yo.

Joan sonríe.

—Sí, supongo que eso forma parte de la suspensión voluntaria de la incredulidad. Ahora, nuestras sugerencias posthipnóticas más habituales son: «No comerás grasas», «No comerás azúcar» y «No comerás harinas refinadas». ¿Te parece bien?

—Claro. —No estoy aquí para discutir.

Joan me conduce a una sala que parece un decorado de una película de ciencia ficción. Las pareces están cubiertas con pantallas de vídeo y en la esquina descansa una pequeña consola de control. En medio de la sala hay un sillón reclinable grande y cómodo. Mientras me siento, Joan comienza a murmurar la tontería que siempre sospeché que usaban para hipnotizar a la gente. Dice cosas como: «Solo relájate» y «Sientes cada vez más sueño». De verdad, me entran ganas de reír. Además, ¿cómo se supone que voy a relajarme cuando estoy emocionadísima pensando en que las hamburguesas de queso me van a provocar náuseas y voy a sentirme irresistiblemente atraída hacia los espárragos?

Joan debe haber accionado algún interruptor, porque el ruido del viento comienza a susurrar en la sala, las luces se atenúan y en la pared más lejana aparece un patrón de líneas espirales de color azul y violeta.

—Mira las luces —me ordena con su delgado hilo de voz, que está intentando que suene más ronca—. Busca en tu cuerpo los puntos de tensión y concéntrate en disolverlos.

De hecho, en mi caso se trata de una buena metáfora, porque siempre me tomo un baño caliente con un paño caldeadoalrededor del cuello para disolver la tensión. Además, al ser escritora, que es una persona que trata la fantasía como si fuera real, tiendo a ser muy sugestionable. En nada de tiempo he llegado a creer que mi existencia entera se concentra en la diminuta cresta que hay entre la línea grande de color azul y la pequeña de color violeta.

La voz de Joan está empezando a sonar amable, con una cierta calidez, aunque sigue declamando ese galimatías hipnótico que, con el tiempo, dejo de escuchar porque estoy demasiado concentrada en la acción.

Ya ves, he descubierto que puedo volar.

Sentada en el sillón reclinable, no hay ningún obstáculo que me impida usar mi poder recién desvelado, porque descubro que el arte de volar en realidad no requiere tener cuerpo. De alguna forma he aprendido a salir de mi cuerpo y lo paso francamente bien flotando a escasos centímetros del techo.

Vaga y débilmente, como si me gritara desde el extremo opuesto de un campo de fútbol, oigo que Joan pregunta:

—¿Ahora estás perfectamente cómoda y en paz?

No respondo. Es una pregunta muy estúpida. ¿No sabe que cualquiera que abandone su cuerpo se encuentra perfectamente cómodo y en paz? Joan intenta seguir hablando conmigo, pero ya no la oigo porque he abandonado la sala y me he ido a Beverly Hills, California, volando más rápido que la velocidad de la luz.

Estoy en el Sueño, que empieza como siempre. Esta es una de las cosas más tranquilizadoras del Sueño. Puedo contar con que sea exactamente igual todas las veces, un rollo de película fiable que alguien amablemente ha decidido proyectar para mí, de forma que yo no tenga que recordar todos sus pequeños detalles. Lo único distinto en el Sueño es que cada vez hay una presión e intensidad crecientes que solo puedo comparar con las últimas tres semanas de embarazo.

Repaso la historia lenta y amorosamente, esperando que haya un poco más al final, y lo obtengo. Hay un periodo de tiempo, breve pero exquisito, en el que el joven Stallone (aquí parece tener unos veinticinco años) besa mi cabeza calva, y después me quita las botas Doc Martin sucias y me besa los dedos de los pies. Es fantástico. Pero, cuando empieza a colocarme anillos de diamantes en los dedos de los pies, noto que los diamantes cortan dolorosamente los dedos que tienen al lado. Aun así, pongo buena cara cara y lo soporto.

A continuación, Sylvester me conduce por un largo corredor y se quita la camisa. Esto es bastante interesante porque la última vez que tuve este sueño me pregunté cómo se autolubricaban sus músculos bajo esa camisa de seda. Ahora compruebo que la naturaleza le ha regalado una pequeña ventaja. Posee sus propias glándulas lubricantes que extienden aceite aromático sobre sus músculos, los cuales saltan rápidamente a ese estado hinchado en el cual las venas correosas destacan contra la piel. Otros culturistas necesitan repetir muchas veces el ejercicio para alcanzar este estado. Está claro que Sylvester ha descubierto cómo hacerlo en menos tiempo, porque lo único que tiene que hacer es agitar los brazos tres veces en el aire mientras repite: «Kansas, Kansas, Kansas», y esos músculos se hinchan, se endurecen y se lubrican con una prontitud encantadora.

Sylvester, que ahora tiene la apariencia de un héroe de acción, usa uno de sus brillantes brazos magníficamente lubricados para abrir una puerta y entrar en una habitación llena de papel. Fardos y fardos de papel en blanco.

De nuevo me propone matrimonio. ¡Pobre tonto! Es incapaz de ver lo obvio: que soy demasiado para él. Enloquecido por el deseo, eleva su última oferta. Quiere regalarme un acuerdo prematrimonial que me proteja en caso de que el matrimonio se termine, otorgándome no solo todo lo que haya ganado en su vida sino todo lo que gane en el futuro. En otras palabras: desea hipotecarse a sí mismo por nuestro amor.

Aquí se pone un poco fogoso, hasta tal punto que he tenido que sujetarlo contra el suelo para enfriar su alarmante ardor, y me cuido mucho de apoyar firmemente mi bota Doc Martin sobre su cuello. Aun así, debo admitir que estoy conmovida por la dulzura de su oferta. Después de todo, incluso el duque de Windsor conservó una renta para sí cuando renunció al trono por Wallis Simpson.

Sylvester me mira con sus ojos de tonalidades violeta abiertos y suplicantes. Pero Joan nos interrumpe dejándose caer literalmente a la sala desde arriba con su enorme complexión sujeta por un arnés de Peter Pan y batiendo mecánicamentesus alas de celofán.

–Molly, Molly, Molly... —me llama.

La voz de Joan se hace más fuerte y Sylvester, que hasta ahora ardía con un brillo inhumano, se vuelve cada vez más tenue. Cuando Joan se hace cargo de la situación, Sylvester sonríe casi como un fantasma y me dice adiós con la mano.

—Molly, ¿dónde estás?

—Estoy aquí mismo —respondo con fastidio obvio ante su inoportuna aparición.

—¿Y dónde es aquí?

—Estoy en la fiesta —le digo—. Estoy en la fiesta de Sylvester Stallone.

—De acuerdo... Así que estás en una fiesta con Sylvester Stallone... —Joan habla tan despacio y su voz es tan abrumadoramente tranquila que sé que está nerviosa—. Pero ahora, Molly, vamos a abandonar la fiesta.

—Pues yo no quiero irme de la fiesta. —Oigo el mohín en mi voz.

Sin embargo, Joan ha recobrado su compostura profesional. Una nueva fuerza e intención en su voz la ha convertido en algo casi entusiasta.

—Vamos a pensar en otro tiempo pasado... un tiempo en el que eras una persona más delgada y te sentías muy, muy bien. Relajémonos y retrocedamos en el tiempo hasta ese momento.

Aunque estoy en estado de hipnosis, sigue siendo imposible que acate órdenes de una voz tan animada. Cuanto más habla Joan, menos me interesa y más lejos suena. Tal vez ella piense que me está controlando, pero yo estoy en otro mundo. Me planteo su petición despreocupadamente. Mientras lo hago, vuelo sobre la planicie nevada del Tíbet y, cuando el mar de China aparece a mis pies como un brillante espejo, me zambullo en sus profundidades con un magnífico salto del ángel. Para mi sorpresa y deleite, descubro que puedo respirar bajo el agua tan bien como en el aire.

Pero en algún momento debo haberme rendido al poder de sus órdenes hipnóticas, porque de repente descubro que me arrancan de las cálidas y dulces aguas y me depositan en el lugar que más temo de todos: la pista de hielo.

No es nuestra pista de Maine y todo es distinto. Para empezar, soy una Molly diferente. Soy delgada, tengo la piel tersa y estoy radiante, rebosante de salud, buena disposición, felicidad, esperanza y emoción. Creo que soy joven.

Y debe ser verdad, porque, sentada a mi lado en las gradas, está Gail Irwin, a la que no he visto en los últimos quince años. Gail también tiene la piel suave y bonita, aunque va vestida un poco atrevida. Estamos en un partido de hockey universitario, Universidad de Boston contra Colgate, al que me ha arrastrado Gail en una cita a ciegas porque yo se lo debía por un trabajo para clase que había hecho por mí. Aunque estoy un poco irritada por estar aquí, nunca lo adivinarías observando mi lenguaje corporal, que es básicamente gritar con juvenil energía y descerebrada alegría mientras veo mi primer partido de hockey.

—¡Bestia! —le grito a Gail, que tiene una respuesta diferente.

—Estos tipos están todos macizos —declara con una sobreabundancia de saliva amenazando con desbordar por su labio inferior.

—¡Son animales! —contraataco—. Son como... jugadores de fútbol americano. —Es lo peor que se me ocurre decir.

Justo delante de nosotras, dos jugadores chocan contra el cristal, provocando un sonoro crujido con el golpe. Es la primera vez que oigo ese ruido en mi vida. Los fans están gritando, así que tengo que alzar la voz para hablar con Gail y empiezo a preguntarme en qué me he metido con esa cita.

—¿Cuál es el mío?

—Ese —señala.

Cuando Dashiel Lemeiux Denton entra por primera vez en mi campo de visión, está patinando a la vez que mira hacia las gradas, pero cuando ve que lo estamos observando, hace una parada en seco y gira el palo del *stick* de hockey de forma que la cuchilla de la pala da vueltas como una peonza. Sigue haciendo este movimiento mientras patina enloquecidamente sobre el hielo, balanceando los hombros e impulsando las piernas y, segundos más tarde, golea con un tiro de muñeca en la esquina superior izquierda de la portería. Muy ligeramente, y de forma totalmente inconsciente e independiente del resto de mis funciones corporales, mi corazón acelera su latido.

Más tarde, mientras Gail, su acompañante y yo esperamos fuera de los vestuarios, siento... algo. ¿Un cambio atmosférico? ¿Una bajada de la humedad? ¿Un aumento de la energía eléctrica? No lo sé. Pero cuando Dash sale de los vestuarios, la luz se intensifica. Lo sé porque estoy aquí mismo, no estoy borracha y veo que la luz es más brillante.

Nos miramos el uno al otro... durante demasiado tiempo. Ninguno de los dos quiere romper el encantamiento. Gail y su novio dejan de mirarse el uno al otro para mirarnos a nosotros. Entonces el novio dice suavemente:

—¡*Coup de foudre*!

Ahora miro a Dash sabiendo, aunque por aquel entonces no lo sabía, que la traducción al francés de amor a primera vista es precisamente «El resonar del trueno».

Viéndolo ahora, reconozco el momento en que golpea la descarga del relámpago. Lo siento en cada átomo de mi cuerpo. Después, a través de los años, ceremonias, nacimientos y muertes, oigo la delgada e intrascendente vocecita de Joan Smith llamándome para que regrese. Pero no quiero volver.

Joan habla autoritariamente sobre visualizar la comida que comeré, y su voz aumenta de volumen y fuerza con cada palabra. Me dice que, cuando vea la comida, visualizaré los glóbulos de grasa que hay dentro de los alimentos. En la distancia oigo una campanilla metálica. Entonces empieza a hablar de visualizar el azúcar. De nuevo oigo la campanilla metálica, que suena cada vez más fuerte. Y, mientras habla, en lo único que puedo pensar es en el resonar del trueno, la sensación en el aire, la excitación que llena cada célula de mi cuerpo, la emoción absoluta que siento al estar allí. Y lo único que deseo, y quizás lo único que he deseado siempre, es que perdure... para siempre.

Capítulo siete

—¡Feliz cumpleaños! —El rostro bien maquillado de Barb se relaja con una sonrisa.

Llego un poco tarde, pero Barb me ha reservado un sitio junto a ella en la mesa. Por supuesto, tenemos la mejor mesa de la sala, justo al lado de los grandes ventanales y el letrero que dice: «Bienvenida al Club de Almuerzos para Señoras Bangor. La maravillosa primavera de Maine ya está aquí». Todas ignoramos el hecho de que, aunque es marzo, ayer cayeron otros veinticinco centímetros de nieve.

A veces me pregunto por qué Barb sigue trayéndome aquí. Sentadas a las ocho mesas del pequeño comedor están las integrantes del club, una colección de muñecas de ojos duros bien acicaladas que llevan ropa de ligero camuflaje tipo DKNY y Nicole Miller. Y, aunque lucen el suave cabello expertamente peinado y sus tonos vocales están bien modulados, bajo todo esto laten los mismos corazones en todos los pechos, ya que este es el corral de las mujeres guerreras.

En estos almuerzos intento con todas mis fuerzas mantener una fachada, no decir o hacer nada que me delate. Por ejemplo, nunca admito que por las mañanas le llevo café a mi marido (cuando no estoy enfadada con él) o que he permitido a mis hijos tener veinte amigos a dormir en la sala de estar (cuyo resultado fue una factura de trescientos dólares para reparar las paredes dañadas), o que tengo que pedir, no, suplicar a mi marido que me lleve al cine y que, incluso entonces, lo único que consigo ver son películas de guerra (he visto todas las películas que se han rodado sobre Vietnam, incluyendo *La colina de la hamburguesa* y *La chaqueta metálica*).

Aquí en el club intento fingir que soy una de ellas. Actúo como la mujer que cuenta chistes sobre su esposo a su espalda, que organiza los planes sociales del fin de semana con sus amigas y después le dice a su esposo a qué espectáculos va a acompañarla al final de la semana. Pero permíteme que te diga que es complicado. Un desliz y en un instante cualquiera de ellas me vería como el ser débil que soy.

Este es mi tercer almuerzo y, hasta ahora, me han aceptado como la protegida de Barb. Sé que esta tapadera solo puede durar un tiempo, pero hasta ahora lo he conseguido midiendo cada palabra y no hablando demasiado. A veces me pregunto por qué vengo, con todo lo que tengo que esforzarme por encajar. Creo que a lo mejor es un problema de control. Ellas lo tienen y yo lo deseo.

Patty Lotito se vuelve despreocupadamente hacia mí y pregunta:

—¿Qué te han regalado por tu cumpleaños, Molly? —Mientras vacilo, Patty acaba la pregunta por mí—. ¿Un Mercedes, unas pieles? —Patty solo lleva tres meses fuera de Long Island. Tiene un acento realmente estridente y aún se pone chaquetas de cuero con tachuelas. Aunque viste diferente que las demás, ya que no lleva suficiente tiempo aquí para haberse percatado del código de vestimenta de Nueva Inglaterra, Patty exhibe la cualidad más importante para ser admitida en el círculo íntimo: pelotas.

Obviamente, no puedo responder con sinceridad. Imagina su reacción si les dijera que Dash ni siquiera ha recordado mi cumpleaños... Probablemente me organizarían una fiesta por lástima. Tal y como yo lo veo, aquí no tengo otra alternativa que mentir. Y hay una cosa que he aprendido sobre mentir. Nunca mientas un poco, miente a lo grande. Por alguna razón es más creíble.

—Dash me regaló un viaje —les digo, y lo saludan con un silencioso murmullo de aprobación.

Pero Patty sigue sondeándome.

—¿Te va a llevar de crucero o algo así?

—No, voy a viajar sola —dijo, inventándome la historia sobre la marcha—. Voy a ir al oeste a un festival de cine sobre la importancia del imperio en la Antigua Roma. —Cuando estoy con ellas siempre uso mi condición de profesora y mis títulos universitarios. Tiende a cerrarles la boca.

—Ah —dice Patty, y se concentra en la cesta de bollos que acaban de colocar delante de ella. Entonces la veo abrir un bollo y recubrir el interior con una capa de mantequilla. Oigo una campanilla metálica, seguida de las palabras: «¡No comerás grasa!» y «¡No comerás harina!», entonadas por una voz que suena terriblemente parecida a Charlton Heston en esa película, *Los diez mandamientos*. Estoy tan asombrada que miro a mi alrededor para ver de dónde viene. Patty intenta pasarme la cesta de bollos, pero mi mano retrocede involuntariamente y se los pasa a Anne Chamberlain, una socia de más edad pero bien conservada.

Barb se inclina sobre la mesa con aire conspirador.

—No mires ahora, pero ¿esa no era Karen Bender?

—¿Dónde? —Demonios, todavía estoy buscando a Charlton Heston.

—La camarera. —Barb suena molesta—. No la mires. —Hago lo que me ordena Barb y bajo la vista hacia la mesa, teniendo cuidado de no mirar los bollos.

Pero Anne Chamberlain, que habla con la voz alta propia de una actriz envejecida en un escenario, insiste.

—Karen Bender no puede estar trabajando aquí de camarera. Es socia.

—Ya no. —Barb se inclina sobre los hombros y dice con pleno conocimiento—: Hace seis meses echó a Patrick.

Un enmudecido «¡No!» resuena alrededor de la mesa.

—También he oído que Patrick le está tacañeando el dinero. Está claro que el rumor es cierto. —Barb toma la cesta de bollos y elige unos cuantos (todas estas mujeres hacen ejercicio dos horas al día y pueden comer lo que les apetezca). Mientras la observo partir el bollo, siento una oleada de náuseas que me sube por la garganta.

—¿Cuántos hijos tienen? —pregunta Anne, siempre dispuesta a un buen cotilleo.

—Tres. —Barb unta la mantequilla—. Oh, oh, ahí viene. —Barb, Anne y Patty bajan los ojos de forma estudiada hacia sus regazos o enredan en sus bolsos justo cuando Karen llega para servir el almuerzo. Pero yo saludo a Karen. Tiene aspecto cansado y las mechas caras de peluquería se están desvaneciendo, pero, por lo demás, parece estar bien. Karen parece aliviada de que alguien hable con ella. Barb, Anne y Patty dejan de rebuscar en sus bolsos y montan un gran espectáculo por no haber reconocido a Karen, y después otro espectáculo para saludarla. Barb incluso le dice que su cabello luce muy bien, lo cual no es cierto. Mientras tanto, Karen sirve la bandeja de almuerzo del club.

—¿Qué es esto? —le pregunto a Barb, porque no tiene aspecto apetitoso. Es todo rojo y asqueroso.

—Quiche de frambuesa —me dice, y esto desencadena un zumbido en mi cabeza similar al acúfeno que sufro a veces por tomar demasiadas aspirinas. Y Charlton se ha arrastrado hasta mi oído con un megáfono. «No comerás grasa, no comerás harina, no comerás azúcar», anuncia de forma inquietante.

Esto por sí mismo ya sería suficientemente asombroso, pero mi reacción a la comida es otra sorpresa. Me enferma, me repugna, me parece basura de un contenedor. Y entonces lo entiendo: la hipnosis ha funcionado.

El esfuerzo de la buena de Joan Smith ha dado sus frutos. Dentro de unos meses, que se prepare la ciudad para mi delgada silueta. Que se preparen las faldas *sarong* y las minis, y también los pantaloncitos cortos blancos. Miro cómo Barb la Huesuda se abalanza sobre su quiche y me pregunto si podría acabar más delgada que ella. Intentando controlar mi excitación, le pido un café a Karen, que me lo trae y se retira. Afortunadamente no se oyen campanas ni anuncios de Charlton Heston ante la taza de café negro, y me lo bebo con ansia.

Patty lame la salsa de frambuesa de las puntas de su tenedor.

—Entonces, ¿por qué Patrick Bender está siendo tan tacaño? —pregunta, devolviéndonos a la noticia del día.

—Pura rutina. —A Barb le encanta explicar las cosas—. Es lo que hacen los hombres cuando no quieren pagar. Ponen una contrademanda y solicitan la custodia de los hijos. —Se pasa la servilleta por los labios—. Karen nunca lo controló de verdad —dice con desdén.

—¿Los niños están en terapia? —pregunta Patty.

—Si no han empezado ya, acabarán yendo. He oído que él se niega a acordar ninguna cantidad de dinero para la universidad. Es un juego de poder en el que se embarcan algunos hombres. Les gusta que los hijos tengan que suplicar por su educación... como a los señores feudales de la Edad Media. —Barb curva los labios y esboza un rictus a lo Tina Turner antes de advertir que no he comido nada.

—¿Estás otra vez a dieta? —me pregunta.

—No —le digo, pensando que técnicamente no se podría llamar dieta a esto.

Patty sacude la cabeza y toma otro bollo.

—Suena a que se casó con un sinvergüenza.

—Patrick era educable —explica Barb—. Pero Karen siempre fue demasiado sensible para su propio bien. Que Dios nos guarde de la gente sensible. Lo peor es que sus hijos serán los que sufran. —En este momento, todas asienten con la cabeza porque, después de todo, se trata de una verdad universal.

—Patrick se abalanzará a acumular una sucesión de novias. Con el tiempo, aparecerá una madrastra que, por supuesto, odiará a los niños. Pero no puedo decir que lo sienta por Karen porque en cierto modo se lo ha buscado.

Me pregunto si quizás he oído mal una parte de la narración.

—Barb, corrígeme si me equivoco, pero ¿Patrick Bender no se estaba tirando a todo lo que pasaba a su lado?

—Solo a sus secretarias. Siempre eran pelirrojas y las cambiaba cada dos años. Karen debería haberse comprado un bote de tinte para el cabello.

Patty arroja la servilleta sobre el mantel como muestra de repulsión.

—Si mi esposo fuera lo bastante estúpido como para tener una aventura, me apegaría a él y lo castigaría durante el resto de su vida. Nunca terminaría de compensarme por ello.

Barb me acaricia la mano.

—Estoy contentísima de que te hayas unido a nuestro grupo.

—Es adorable —conviene Anne.

Pero yo sorbo mi café negro y me maravillo ante esta aceptación de la desdicha en pro de una venganza satisfactoria. ¿Qué hay del antiguo proverbio: «Vivir bien es la mejor venganza»? No alcanzo a ver cómo castigar a tu esposo encerrándolo en la prisión de un matrimonio muerto puede considerarse vivir bien.

Así que tomo la peligrosa decisión de lanzar un globo sonda.

—¿Alguna ha considerado la posibilidad de que Karen Bender simplemente acabó total y completamente asqueada de su vida?

Capítulo ocho

El empleado de la aerolínea se equivocaba: se puede ir desde Bangor, Maine a Los Ángeles en un día. Lo único que tienes que hacer cuando llegas a un aeropuerto nuevo es tomar el siguiente avión que se dirija hacia el sur o el oeste. Es un poco caro, pero me imagino que Dash lo puede soportar.

Llego a L.A.X., o lo que es lo mismo, al Aeropuerto de Los Ángeles, en lo que me dicen que es un día malo. Aun así, el sol es tan brillante que me tengo que poner las gafas de sol que tuve la precaución de comprar en una de las escalas (Atlanta, Chicago o Denver, no lo recuerdo). La temperatura son unos perfectos veintidós grados y lo primero que hago al entrar en la terminal es deshacerme de mi pesado abrigo invernal. De hecho, se lo doy a una mujer sin techo, pero como es L.A., lo tira a la basura.

A continuación me dirijo a la parada de taxi y echo un vistazo a los taxistas. Dejo atrás al hombre bajo de mirada furtiva, paso junto al taxista grande y de aspecto estúpido, no porque no me gusten los grandes y estúpidos, sino porque creo que tal vez no hable inglés demasiado bien y voy a necesitar un conductor con el que pueda hablar, alguien que parezca que conoce la zona. Básicamente necesito al señor California.

Así que me quedo con uno alto de tipo nórdico que es exactamente igual que un muñeco Ken. De hecho, se parece tanto a Ken que te hace preguntarte si tendrá los genitales lisos de plástico bajo los pantalones.

Cuando entro en su taxi, se oye una sonora protesta proveniente de los otros taxistas, porque el muñeco Ken no es el primero de la fila. Pero le hago un gesto para que conduzca y se pone en marcha. Sé por su licencia de taxi que se llama Todd Johnson, muy adecuado para él. Sin embargo, Todd no ha dicho una sola palabra desde que arrancamos de la zona de llegadas. Y esperaba que fuera un tipo parlanchín. Comprendiendo que voy a tener que encargarme de ello, comienzo.

—¿Sabe dónde vive Sylvester Stallone?

Todd gira el cuello para mirarme mientras conduce. Con sus ojos de color gris claro y su rostro bien cincelado, es verdaderamente guapo, de esa belleza típica de los modelos masculinos.

—Claro —dice, después de volver a mirar al frente para poder ver la carretera. —Aquí tengo los mapas de las estrellas y los autobuses turísticos funcionan dos veces al día. Todo el mundo sabe dónde vive Sylvester.

Maravilloso. Me acomodo en mi asiento mientras él conduce atravesando hileras de palmeras y los preciosos pueblecitos que jalonan el Pacífico. Todd me asegura que no está inflando la tarifa, sino que por este camino en realidad es más rápido, porque la velocidad media en la autopista a esta hora es de treinta y cinco kilómetros por hora y nadie en su sano juicio se mete en la autopista a no ser que sea total y absolutamente necesario.

También me dice que es actor, de Ohio, y que lleva aquí diez años. Me explica lo difícil que es para alguien como él (que tiene el aspecto típico del nórdico del Medio Oeste) conseguir trabajo en el nuevo Hollywood. Según Todd, todos los papeles buenos van a parar a tipos bajitos de grupos étnicos, especialmente hispanos e indios americanos. Me explica que Andy García y Keanu Reeves en realidad no son buenos actores.

Por fin en Santa Mónica, empieza a atajar por Wilshire hacia Beverly Hills. A medida que nos acercamos, me quedo asombrada por la irrealidad del lugar. No solo parece que pudieras comer literalmente del suelo (en Maine las calles están sucias nueve meses al año), sino que todo es totalmente perfecto, no hay nada fuera de lugar, y la luz... la luz es tan completamente diferente del gulag oscuro que he dejado atrás que tengo la certeza de que he entrado en un mundo nuevo.

¡Y las casas! Una mansión tras otra, cada una en un estilo completamente distinto: Tudor, rancho del oeste, español o neogótico, creando la apariencia ecléctica de un vecindario diseñado por un travesti borracho a causa de una apuesta amistosa.

Cuando Todd finalmente se detiene ante la finca más grande y anuncia: «Sylvester Stallone», no me defrauda. Es una mansión enorme con columnata neogótica en estilo corintio y unos jardines magníficos rodeados por una verja de dos metros y medio de altura con puertas de hierro. Varios hombres fornidos con cuellos de la talla diecinueve se entretienen con un concurso de lucha con las piernas en el césped delantero. Hay al menos una docena de rottweileres observándolos. Retozan perezosamente en la hierba, que es de un color verde *chartreuse* neón. Me quito las gafas de sol para ver si esos colores son reales, y entonces es cuando me doy cuenta.

¡He estado soñando con la mansión correcta! Es exactamente la misma casa que he estado viendo en mis sueños noche tras noche. Una descarga enorme de adrenalina recorre mi torrente sanguíneo y tengo dificultades para controlar la euforia y la excitación que siento. Sé que más tarde,en algún momento,voy a tener que analizar esta prueba de mis habilidades psíquicas o prescientes, y no me quedará más remedio que encajarlas en mi sistema de creencias. Sin embargo, ahora mismo estoy demasiado ocupada con otras cosas.

Vuelvo a colocarme las gafas, porque el brillo de neón de la luz solar rebotada de la hierba del jardín delantero es demasiado para mí. Mientras me coloco las gafas en su sitio, me doy cuenta de que, a pesar de mi emoción, tengo un problema.

—¿Cómo voy a entrar? —le pregunto a Todd.

—Vaya usted a saber. —Todd se encoje de hombros, sin ser consciente de que, en virtud de haberse convertido en mi taxista, ha aceptado la obligación de resolver todos mis problemas más inmediatos.

—En serio —continúo—. ¿Cómo se visita a alguien que tiene verja de entrada?

Todd vuelve a estirar el cuello para verme mejor.

—Bueno, es que uno no se presenta aquí y visita a Sylvester Stallone —dice con bastante lentitud.

—Así que la verja de entrada y los perros son disuasorios —pienso en voz alta—. Stallone se está aislando del público.

—Por supuesto. —Todd me mira como si le preocupara que fuera una fan loca y peligrosa, y advierto que mantiene una mano sobre la manija de la puerta—. Sylvester Stallone es una estrella muy importante —me alecciona Todd.

—Lo sé.

Todd se lame los labios y después esboza una sonrisa falsa sobre sus bonitos labios de buen besador.

—¿Va a salir?

—No lo sé.

—¿Cuándo lo sabrá? —pregunta pacientemente.

Miro a Todd. Aunque no parece precisamente el tipo de hombre que tiene contacto directo con Hollywood, aunque lo que parece es un buen tipo que, con la ayuda de un curso de Dale Carnegie tal vez podría estacionar vehículos en Spago, sigue siendo mi única fuente de información.

—¿Qué se podría hacer para conocer a Sylvester Stallone? —pregunto.

Todd suspira. Supongo que ha tomado la decisión de tenerme de buen humor motivada por la posible propina.

—Eso depende de por qué quiera conocerlo.

—Tengo una historia para él.

La expresión de Todd cambia del miedo al alivio, y se echa a reír.

—¡Pfff! Pensé que era una especie de loca, pero no es más que una escritora.

Me siento un poco insultada al oír esto. ¿Son tan blandengues los escritores que ni siquiera entran en la categoría de alocados y peligrosos?

—Los escritores pueden estar locos —le digo con testarudez.

—Naa —dice, todavía riéndose.

—¿Qué hay de la mujer que se coló en la casa de Steven King alegando que le había robado el manuscrito original de *Misery* de su apartamento?

—¿Eso es verdad?

—Sí.

—De acuerdo, quizás haya alguno loco, pero yo soy escritor, lo mismo que mi compañero de piso, y que mi hermano... Aquí todo el mundo es actor o escritor, o ambas cosas, y todo el mundo tiene un guion. Le diré lo que tiene que hacer.

Sonrío... Por fin un consejo útil.

—Registre el guion en el Guild. Después envíe el guion a los agentes, porque ninguna persona en su sano juicio va a leer nada que les llegue sin más.

—No voy a hacer eso.

—¿Por qué no?

—Pienso tratar con Stallone personalmente.

—De acuerdo —Todd levanta la vista hacia la verja de Stallone—. Entonces supongo que querrá salir de aquí.

Mmm... Me doy cuenta de que golpear esa verja seguro que atrae a los rottweileres y a los tipos con los cuellos de cincuenta centímetros, y no parece una buena forma de lograr conocer a Stallone. Es entonces cuando decido que tengo que olvidar los caminos normales de aproximación y encontrar el sendero peculiar y escarpado.

—¿A dónde le gusta ir a comer al Semental? —le pregunto a Todd—. ¿Dónde entrena? ¿Dónde se corta el pelo? ¿Dónde se compra los zapatos?

—No lo sé. No soy el presidente de su club de fans. Y tengo que atender a más clientes, ya sabe —me dice Todd.

—De acuerdo. —Tomo una decisión rápida—. Lléveme al lugar en el que le parezca más probable que vaya a conocerlo.

Todd pone en marcha el contador del taxi y sacude la cabeza. Está empezando a parecer irritado, pero conduce hasta Westwood, a un pequeño bar al lado de un gran gimnasio.

—He oído que a algunos de los tipos de las pelis de acción que entrenan en Le Jock, L.A. les gusta tomar unos tragos aquí.

Miro el letrero que hay sobre la puerta. Es pequeño y viejo, y dice: «Bar de carretera de Tony».

—¿Por quién debo preguntar?

Todd me dedica una gran sonrisa, como si estuviera feliz de librarse de mí.

—Pregunte por Tony —dice.

Capítulo nueve

Antes de poner un pie en el bar, respiro profundamente. El aire es cálido y limpio, y una ligera brisa mece las hojas de las palmeras cercanas. Como no acostumbro a entrar en bares desconocidos en lugares extraños, estoy algo nerviosa. Así que respiro profundamente de nuevo para darme suerte antes de entrar en la oscuridad.

El bar de Tony es uno de esos lugares exclusivos para hombres que normalmente intento evitar. El piso es oscuro y de madera, y unas fotografías antiguas de estrellas del boxeo recubren las paredes: Joe E. Louis, Jack Dempsey y Sugar Ray Robinson.

El bar es largo, oscuro y grasiento, como la clientela que espero encontrar. Tras la barra, encima del mostrador, hay un tarro enorme de huevos escabechados. Me pregunto: ¿quién en el sur de California come huevos escabechados? Decido que da igual. Es una especie de decoración.

En el extremo del bar hay dos tipos con un aspecto realmente extraño. El más joven debe medir cerca de dos metros y está esquelético. Su cabello largo al estilo hippie está desordenado y lleva pulseras de cuentas en las muñecas. En su bíceps izquierdo tiene un tatuaje de una serpiente enroscada, mientras que su bíceps derecho luce la imagen de un gran par de labios rojos. A su lado, el tipo bajito y calvo está haciendo un collar con piezas que saca de una mochila de lona llena de chapas antiguas de refrescos. Pero me concentro en el camarero del bar, que es un tipo mayor con rostro arrugado y bien bronceado, un montón de cabello blanco ingobernable y unos ojos castaños que él cree que son atractivos. Lo sé por la forma en que me mira de reojo. Dado que no me han mirado de reojo en bastante tiempo, no sé muy bien cómo reaccionar.

—¿Qué va a ser, muñeca?

Repaso mis opciones, teniendo cuidado de recordar las campanillas metálicas que resuenan en mis oídos cuando cometo un error. No es difícil de recordar, ya que se oyeron por todo el país cada vez que me ofrecían comida en el avión. Así que digo:

—Una Coca-Cola light.

—No quieres una Coca-Cola light. Quieres un daiquiri helado, un julepe de menta o un Golden Cadillac.

Normalmente odiaría esa clase de respuesta, pero estoy en una misión, así que sonrío.

—En realidad no quiero nada. Estoy buscando a una persona.

—Los camareros solo se muestran parlanchines después de servir la bebida. Está escrito en el Código Ético y de Responsabilidades de los Camareros.

—De acuerdo, ponme un daiquiri helado —le digo, aunque sé que está hecho con azúcar y no podré beberlo.

—No tenemos coctelera.

Miro a mi alrededor.

—Probablemente tampoco podrás prepararme un julepe de menta.

Mi némesis sacude la cabeza como un niño malo.

—Se nos acaba de terminar la menta.

—Entonces, ¿qué tienes?

—Chupito y cerveza.

Suspiro.

—De acuerdo, ponme eso. Tú te puedes tomar el chupito y yo intentaré beberme la cerveza, aunque la odio.

—Ahora lo has entendido. —Sirve el chupito en un vaso y la cerveza en una jarra, que veo que no está ni fría ni limpia, y pone las dos cosas delante de mí sobre la larga y arañada barra de madera. ¿Por qué me siento como si estuviera en una película sobre la mafia? No lo sé, pero, dado que me siento como si fuera así, pongo un billete de veinte sobre la barra, como si fuera a beber durante un buen rato.

—Entonces, ¿dónde puedo encontrar a Tony? —pregunto con indiferencia.

Mete el billete de veinte en la caja registradora y deposita mi cambio sobre la barra.

—Lo tienes delante, muñeca. —Arruga su cara correosa para sonreír y se toma el chupito de un trago. Después se inclina sobre la barra y acaricia la solaba de mi traje de chaqueta—. Me encanta el traje, muñeca. ¿Qué es, terciopelo? No vemos mucho terciopelo por aquí.

El tipo huele como una fábrica de cerveza de cien años de antigüedad, y sospecho que no se debe a su aliento. Creo que emana de su piel, pero me he propuesto lograrlo, así que sigo insistiendo.

—En realidad he venido buscando a Sylvester Stallone. Supongo que te sonará bastante estúpido. —Habiendo constatado el tipo de persona que es en virtud de sus caricias a las solapas de mi chaqueta, bajo la cabeza y levanto la vista en plan princesa Diana. Adivino por su sonrisa que le encanta.

—No es estúpido —responde—. Es lo que dicen todos los turistas.

—No soy una turista.

—Claro, pareces totalmente de aquí en ese traje de terciopelo. —Tony sonríe—. Tienes que entender, muñeca, que Stallone no es solo una estrella. Es una megaestrella. Tiene que contratara gente para que hable con la gente que quiere hablar con él. Pero claro, es uno de mis amigos más queridos y cercanos. Y sí, es un tipo estupendo. Pero cuando tienes miles de fans y eres muy famoso, te ves obligado a hacer algunos cambios en tu estilo de vida. Yo, por ejemplo.

—¿Tú?

—Demonios, en esta ciudad soy una celebridad incluso mayor que Sylvester. ¿No sabes que rodaron una película sobre mí?

—Lo siento, no lo sabía.

—Trata sobre cómo tuve que huir de la turba en los años cuarenta. No recaudó mucho, pero es muy conocida en todos los círculos cultos de filmografía, lo cual es suficiente satisfacción para mí. Personalmente, nunca me ha importado ganar mucho dinero.

—Estupendo.

Pero Tony se ríe.

—Te estoy contando un montón de mierda, muñeca. Esa es la regla número dos del Código Ético y de Responsabilidades de los Camareros.

Bien, he intentado seguirle el juego a este tipo y no he llegado a ninguna parte, así que me imagino que lo único que me queda por hacer es arrojarme a su merced.

—Mira, solo tengo que encontrarme con Sylvester Stallone. No puedo quitármelo de la cabeza. Ha llegado hasta un punto en el que sueño con él.

—¡Sylvester! Ese perro sucio. ¿De verdad sueñas con Stallone?

Asiento, sintiéndome desgraciada y avergonzada a la vez.

—Es un actor, por amor de Dios —exclama.

—No es solo actor, Tony. También es escritor.

Tony se echa a reír.

—Mira, muñeca. Quiero a ese tipo, pero seamos claros. No es escritor. Es guionista.

No estoy intentando nominar a Stallone para jurado del festival de Cannes. Claro que me he divertido con sus películas, pero soy una escritora minimalista con demasiados estudios universitarios. Hasta que llegó el Sueño, ni siquiera había pensado en Sylvester Stallone. Sin embargo, por desgracia para mí, el Sueño trajo consigo una fascinación apremiante, tal vez incluso una fiebre cerebral, porque veía a Stallone en carne y hueso.

—Tony, Stallone no es solo actor y escritor. —Intento transmitir una sensación de urgencia con mi tono de voz—. También es director, pintor, coleccionista de arte. En realidad, es un... hombre del Renacimiento moderno. —Cuando veo que no estoy llegando a ninguna parte con Tony, finalmente me rindo y me limito a suplicar—. Lo único que sé es que *tengo* que conocerlo porque sé que, cuando lo conozca, mi vida cambiará.

Tony se inclina hacia adelante como si fuera a confiarme información importante.

—Muñeca —dice, apestando a whisky escocés—, llevo muchos años detrás de esta barra y he visto un montón de situaciones interesantes, así que me gustaría concederte el regalo de mi experiencia en la vida.

—De acuerdo —digo lentamente.

—¿Has oído la expresión «Aférrate a tus sueños»?

—Claro —le sonrío. Sé que ahora está de mi parte.

—Escúpelos, muñeca. Escúpelos rápido. Sácate toda esa mierda de la cabeza. Solo cuando lo hagas podrás levantarte por la mañana y ver de verdad el día.

Probablemente doy la sensación de ir con un retraso de veinte segundos, porque no lo entiendo. ¿No solo no me va a ayudar, sino que me está diciendo que desista?

—Ve a Venice Beach y busca un empleo en una de las tiendecitas de camisetas. Contempla cómo se pone el sol sobre el Pacífico todas las noches y después vuelve. Yo te enderezaré. Tony Lamboni, el rey de la filosofía de L.A. Simplemente tienes que sacarte a Sylvester Stallone de la cabeza.

No sé qué decir. Por primera vez me doy cuenta de lo terriblemente sola que estoy, lo lejos que estoy de casa y el hambre que siento.

Los dos tipos que están al fondo del bar se levantan y vienen hacia mí. El bajo y calvo sostiene su collar de chapas de refresco ya acabado, que ahora me presenta como si fuera un *lei* hawaiano.

—Es un tributo —me dice Tony—. Lucky hace uno de estos todos los días y se lo regala a la turista con el aspecto más infeliz.

Me levanto del taburete.

—Puedes tomarte la cerveza —le digo a Tony.

—No bebas por ahí nada con flores y frutas que sobresalgan por encima, y aléjate de esas bebidas inteligentes con aminoácidos. Si quieres una bebida real, vuelve a Tony.

Sonrío débilmente y me dirijo a la puerta principal. «Acabada —comprendo—, estoy acabada». Cuando salgo, veo que justo delante del bar de Tony hay un banco para la parada del autobús. Y, dado que no tengo otra cosa que hacer, me siento y espero un poco. Pero no viene ningún autobús y no hay nadie más esperando. Cómodamente sentada en el banco, creo que la temperatura es...bueno, perfecta, y no puedo evitar preguntarme qué temperatura hará en el noroeste de Maine, donde puedes pillar un caso grave de congelación esperando a que llegue un autobús como este. Al otro lado de la calle, en Le Jock L.A., un flujo interminable de Maseratis, Mercedes y Range Rover transportan un número impresionante de hombres apuestos al club deportivo. Sigo mirando cuando el hippie alto y el calvo bajito salen del bar de carretera de Tony, se suben a una gran limusina blanca, conducen hasta el otro lado de la calle, estacionan delante de Le Jock, L.A., se bajan de la limusina y entran en el edificio.

Pero me cuesta trabajo creer que esos dos hayan ido ahí para hacer ejercicio. Me imagino que son mensajeros o que han ido a recoger a alguien, lo que me sugiere que justo enfrente, en ese edificio, hay celebridades importantes de Hollywood. Así que decido echar un vistazo.

Cuando paso al lado la gran limusina blanca, veo que en la matrícula se lee SS#1. ¿Podría pertenecer la limusina a Sylvester Stallone? Suena

44

imposible, pero, después de todo, soñé con su verdadera mansión con todo lujo de detalles sin haberla visto nunca.

Empujo las puertas dobles de cristal y me sumerjo en un centro deportivo oscuro, lujoso y exclusivamente masculino. Esto hace que me detenga, porque no se me había ocurrido que fuera un lugar que prohibiera la entrada a las mujeres. Me pregunto con ligera irritación si es legal y, si lo es, por qué nadie ha hecho nada al respecto. Finjo hacer una llamada desde el teléfono de pago que está cerca de la entrada, pero en realidad estoy ganando tiempo, reuniendo valor.

Me concentro en la importante lección que aprendí cuando cumplí treinta y ocho. Ese año comprendí que me había vuelto invisible para la población masculina. La experiencia me pareció muy de Ray Bradbury, similar a cruzar una ventana oculta hacia otra dimensión en la que los hombres no pueden verme pero las mujeres de mediana edad y los niños sí. Sin embargo, hay algunas circunstancias especiales que permiten que los hombres me vean, como cuando los amenazo o les grito. Mi amiga Barb me dice que esto les sucede a todas las mujeres en algún momento sin especificar entre los treinta y ocho y los cuarenta y cinco años, a no ser que te hagas la cirugía estética. Me dice que los hombres también llegan a una edad en la que se hacen invisibles. Esa edad, sin embargo, son los ochenta y cinco o los noventa años.

Al principio este fenómeno cultural me molestaba porque, cuando perdí mi visibilidad, sentí que me habían arrancado una parte de mi humanidad. Sin embargo, lentamente comencé a adaptarme a mi nueva posición social y, con el tiempo, llegué a comprender que tiene algunas ventajas. Comencé a ver que lo que al principio me angustiaba podía convertirse en una poderosa transformación porque... una mujer invisible no puede cometer errores. No puedes avergonzar a una mujer invisible. De hecho, una mujer invisible, sin miedo e imposible de avergonzar puede hacer... lo que quiera.

Me abro paso audazmente dando un empujón al joven recepcionista, que cumple mis expectativas al no advertir mi presencia. A grandes zancadas, dejo atrás confiadamente a los hombres que están entrando en las pistas para jugar al squash. Para ellos soy solo un susurro de aire.

Por delante de mí, en el corredor, está ese hippie alto lleno de tatuajes del bar de carretera de Tony y, sorprendentemente, el *sí* advierte mi presencia.

Esto es alarmante, porque para rasgar el velo de invisibilidad debo suponer algún tipo de amenaza y, ¿cómo podría resultar yo amenazadora para ese hombre de aspecto tan duro? Aún tiene una mirada nerviosa en su rostro cuando se aleja apresuradamente de mí. Así que, al igual que Margaret White, mi «ojo privado», tomo la rápida decisión de seguirlo.

Capítulo diez

Dado que el hombre de los tatuajes está atravesando el área de la piscina, tomo unas cuantas toallas como camuflaje extra en el caso muy improbable de que haya por aquí algún mutante extraviado capaz de advertir la presencia de una mujer de cuarenta años. Sé que cargar con las toallas me coloca inmediatamente en la categoría de sirvienta, pero es una categoría con la que estoy íntimamente familiarizada, un disfraz que puedo asumir con facilidad. Ahora que ya estoy completamente disfrazada en un área repleta de atractivos hombres desnudos, bronceados y musculosos, me aseguro de echar un vistazo realmente largo.

A la salida del área de la piscina sigo a mi objetivo, que sube unas escaleras y después camina por otro corredor. El hombre de los tatuajes está justo delante de mí y ha entrado en una salita. Cuando entro detrás de él, veo a un hombre desnudo tumbado sobre el estómago encima de la camilla de masajes de cuero negro. Dejo que mis ojos resbalen sobre la espalda bien musculada que me resulta ligeramente familiar hasta llegar al cabello negro de su nuca, que me es claramente familiar. ¡Es él!

Sylvester Stallone se incorpora sobre un hombro y el hombre de los tatuajes le susurra algo al oído. Inmediatamente, Sylvester se anuda una toalla alrededor de la parte baja de su cuerpo, se levanta y comienza a retroceder, alejándose de mí con cautela.

—Bonito collar —dice, mientras abre la puerta que tiene a su espalda y sale a toda velocidad. El hombre de los tatuajes agarra la ropa de Stallone, pone pies en polvorosa y juntos huyen de Le Jock, L.A.

Intento seguirlos, pero dos fornidos masajistas me bloquean el paso durante el tiempo suficiente para que, cuando salgo corriendo por la puerta de atrás, lo único que alcanzo a ver es una limusina blanca que se aleja a toda velocidad. A cualquier otra mujer esto le parecería un fracaso o se sentiría abochornada. Pero yo digo que no puedes sentirte abochornada cuando eres invisible y que esto no ha sido un fracaso. Porque hubo un momento en el que Sylvester me miró (incluso me habló) y tuve exactamente la misma sensación que en el sueño.

Con el corazón latiéndome como loco, decido salir de las instalaciones de Le Jock, L.A., por si acaso algún guardia de seguridad obsesivo y demasiado cauteloso decide llamar a la policía. Afortunadamente, encuentro un taxi y me dirijo de vuelta al aeropuerto. No porque me esté dando por vencida, sino porque he perfeccionado mi plan y sé que puedo acertar en la diana de este difícil objetivo.

Tengo suerte y hay plazas disponibles en un vuelo de vuelta a casa. Sin embargo, el golpe de suerte más grande es que el empleado de la aerolínea acepta mi tarjeta de crédito, lo que significa que Dash aún no la ha cancelado.

Cuando llego al aeropuerto de Bangor, están quitando otros diez centímetros de nieve recién caída. La sincronización de mi llegada es perfecta, porque solo tengo que matar media hora bebiendo café en el restaurante del aeropuerto para asegurarme de que Dash y los chicos han salido de casa. Entonces tomo un taxi de regreso ala casa de estilo colonial con salón central y cuatro dormitorios que solía llamar hogar.

Mirando por la ventanilla del taxi mientras el taxista entra en mi vecindario, veo nieve fresca que envuelve hábilmente las ramas colgantes de los árboles perennes, y hay jóvenes madres haciendo muñecos de nieve con sus chiquillos. Obviamente no saben que este lugar es en realidad un infierno.

Después de pagar al taxista, me siento tentada de ir a la casa de Barb porque, en este momento, si hay alguien en el mundo con quien quiero hablar es ella, y es una tentación perversamente atractiva. Pero tengo la sospecha de que, si fuera allí, a las tres y cuarto seguiríamos hablando y mis hijos regresarían de la escuela y, de alguna manera, me tentarían para que regresara a casa y les preparase la comida. Entonces Dash llegaría a casa y, sin decir gran cosa, aceptaría mi breve ausencia con actitud gruñona y, al final, las arenas movedizas de mi vida anterior me engullirían en silencio.

Así que lucho contra mi deseo de ver a Barb, saco las llaves y me deslizo en la casa vacía.

Dios, está hecha un desastre. Es difícil creer que un hombre y cuatro niños puedan destruir totalmente una casa en tan poco tiempo. Pero el plan no pasa por limpiar. El plan es reunir lo que necesito y marcharme. No voy a usar el baño, no voy a subir a la planta de arriba a buscar mi ropa de verano y no voy a abrir la nevera... especialmente la nevera.

Sin embargo, cuando paso al lado de las puertas dobles del gran refrigerador blanco,se me ocurre que estaría bien dejar una nota. Es algo con lo que he fantaseado durante años, probablemente porque es una declaración de intenciones muy potente. No quieres dejar la nota al lado del teléfono nidejarla sobre la cama, la dejas donde el hombre va a encontrarla: en la nevera.

Así que tomo un lápiz y un pedazo de papel. Pero, ¿qué escribo?

«*Bye, bye*, tipo malo. *Sayonara, baby*».

No sé, no transmite el tono adecuado. Además, como escritora, tengo tendencia a editar cualquier cosa que haya escrito cinco segundos después de tenerlo sobre el papel, y todo lo que se me ocurre suena tan... bueno, tan amargo. Y lo amargo, lo pongas como lo pongas, no es atractivo.

Así que me decido por la cruda verdad. Escribo:

«Me voy por trabajo,

Molly.

P. D.: Me llevo a Victor».

Lo pego en el gran refrigerador Amana blanco de tecnología *frost free*. Es perfecto: corto, brusco y vago, sin especificar la duración de mi ausencia.

Me río y tomo las llaves del monovolumen de la hilera de ganchos que hay en el vestíbulo. Tengo cuidado de no bajar la vista hacia los equipos de hockey dispersos por la pared, porque me temo que podría desencadenarse un torrente de emociones que no han sido destruidas. Sin embargo, los hámsteres de ojillos tristes no son algo que pueda ignorar, especialmente la pobrecita embarazada Sergei Federov. Así que saco la bolsa de la comida y vierto un poco en los platos, y me pregunto cuándo recordarán los niños volver a alimentarlos, si es que lo recuerdan en algún momento. La respuesta a esta pregunta me conduce a un impulso irresistible.

Agarro el saco de *pellets* de comida, tomo las jaulas de los hámsteres y salgo. Victor me espera como un compañero fiel: grande, seguro y fiable. Victor es el motivo por el que atravieso el país por segunda vez en veinticuatro horas, porque, además de ser mi amigo, Victor me permite hacer algo que es esencial para mi plan: Victor me permite vivir en la misma calle que Sylvester Stallone.

Pongo un pie, me subo y salgo de Maine a través de Canadá por la Ruta 17. Siempre es la mejor ruta hacia el oeste porque en Canadá puedes conducir mucho más rápido. Nunca he entendido la conversión de kilómetros a millas, pero sí sé que, cuando voy por la autovía Queen a 83 millas por hora, la patrulla de la Real Policía Montada de Canadá acelera detrás de mí en clara persecución de algún otro vehículo que va rápido de verdad.

Conducimos interminablemente, o al menos así es como me siento: horas y horas por la autopista seguidas de descansos para tomar café en las paradas de los camioneros. Cuando me canso, simplemente saco a Victor de la autopista, cierro las puertas con llave y duermo. Cada día acabamos un poco más al oeste que el día anterior.

Pasado un tiempo, justo antes de que Victor, los hámsteres y yo lleguemos a Moose Jaw, abandonamos Canadá y entramos en Dakota del Norte, donde nos dirigimos a las Tierras Baldías para comprar un par de botas de *cowboy* rojas y un par de *jeans* negros, ya que los míos parece que se me van cayendo.

Para cuando salgo de Montana y me dirijo a Big Sky, Idaho, tengo un bronceado de camionero en el brazo izquierdo y las botas de *cowboy* están desgastadas y polvorientas. Conducimos y conducimos, solos Victor y yo, y el gran cielo azul. Bueno, y también la radio de banda ciudadana, que pone al alcance de mi mano un mundo entero de información. He ideado varias historias en mi cabeza gracias a las sugerencias y consejos de los camioneros, que he descubierto que son en su mayoría amantes de la acción y las aventuras.

Siempre que hago un descanso, que no es con demasiada frecuencia desde que he descubierto las píldoras No-Doz, la panacea de los camioneros, me siento al sol y como fruta, principalmente naranjas y limones. Así es como me sostengo nutricionalmente sin activar las campanas en mi cabeza. Un día, mientras estoy sentada sobre una roca soleada, siento la urgencia de cortarme el pelo, así que busco un par de tijeras viejas en la parte trasera del monovolumen y lo hago. Tiene un aspecto horroroso, pero me siento bien y me gusta pasar los dedos por las capas de mechones irregulares. Cuanto más conduzco hacia el oeste, mejor me siento.

En Idaho comienzo a dirigirme hacia el sur y atajo por Oregón, que es donde Sergei Federov tiene a sus bebés, dos encantadoras criaturas que bautizo con los nombres de dos grandes del hockey de todos los tiempos: Gordy Howe y Rocket Richard.

Y después... California. Maniobro con Victor para entrar en la traicionera Ruta 1 en un día en el que el viento sopla sobre el Pacífico y tengo que sujetar firmemente el volante mientras me aparto bruscamente del borde del acantilado. La conducción es todavía más complicada por culpa de los niñatos que conducen Mercedes negros descapotables a toda velocidad en sentido contrario al nuestro. Sus rubias melenas vuelan con la brisa mientras se balancean bruscamente por el borde de la carretera.

El pobre Victor, mi buen caballo, está cansado y sucio cuando por fin entramos en Los Ángeles. Pero continúo hasta que giramos por la avenida Eldorado y tengo a la vista la mansión de Sylvester. Cuando nos detenemos y estacionamos, afortunadamente ya ha oscurecido. Los rottweilers y los guardias de seguridad no advierten nuestra presencia, y Victor y yo nos acostamos pronto. Me duermo con un sueño reparador, sabiendo que mañana... empieza mi nueva vida.

Capítulo once

El día comienza temprano en Casa Stallone. Sobre las siete de la mañana saltan los aspersores, regando todo el complejo con una fina lluvia. Poco después de las ocho llegan los hombres que mantienen la finca. Aparecen tres jardineros: uno para el césped, otro para los arbustos en flor y un tercero para las palmeras gigantes. Entonces llega el encargado de la piscina con su camioneta y su ayudante. Un adiestrador de perros vestido de la cabeza a los pies con ropa negra de Kevlar aparece con un muñeco para comenzar el entrenamiento de ataque. Le siguen un par de entrenadores deportivos dimensionalmente bien emparejados que se preparan en el césped sur para comenzar un programa de aerobic para los guardaespaldas y el variopinto personal.

Al cabo de un tiempo, el contingente de guardaespaldas aerobizado advierte mi presencia y uno de ellos es enviado para interrogarme. Estoy sentada bastante cómodamente en mi sillón club en la sección media de Victor, sorbiendo mi *cappuccino* de moca (con leche descremada) elaborado en la cafetera para expresos integrada en el automóvil cuando el guardaespaldas da unos golpecitos en la ventanilla:

—Tiene que mover el monovolumen —dice.

Abro la puerta lateral y lo invito a entrar, sabiendo que ha olido el café y no puede evitar ver que Montel Williams está abordando el tema del abuso de esteroides en mi televisor integrado. Todo esto ha atrapado su atención, pero es un buen soldado. Se niega a entrar en mi sanctasanctórum y repite su orden de mover el vehículo.

—No puedo, *my friend*. —le digo, y espero a que internalice mi brusco rechazo de su presencia física. Pero se limita a lanzarme una mirada interrogadora, probablemente porque es incapaz de procesar esa clase de rechazo de una mujer que mide un metro sesenta centímetros.

—Tiene que mover el monovolumen —dice por tercera vez.

—Mira, compañero, estoy en una misión de reconocimiento y voy a quedarme aquí al menos una semana, pero se trata de un asunto del Gobierno y es absolutamente confidencial.

—Bien —dice lentamente—. Tengo que informar a mi jefe, para que sepa para quién trabaja.

—Gobierno federal. —No le impresiona—.Departamento especial. Antes nos llamábamos B.A.T.F. —Sigue sin comprender—.—Agencia de Alcohol, Tabaco y Armas de Fuego.

Esto por fin le impresiona, asiente y se retira.

—¿Cómo te llamas? —pregunto.

Se detiene y gira la cabeza sobre su cuello descomunal.

—Trip.

—¿Es un diminutivo de Trípoli?

Me dedica una media sonrisa torcida.

—Sí.

—No me digas. Yo tenía un tío que se llamaba Trípoli —miento—. ¿De dónde eres? —Todos los italianos saben lo que significa esta pregunta. No significa «¿Creciste en Brooklyn, en Jersey o en Brooklyn?». Significa: «¿De qué provincia italiana provienen tus antepasados?».

—Calabria —responde.

—Un lugar precioso —le digo—. Vuelve y habla conmigo de vez en cuando. Las misiones de reconocimiento son muy solitarias.

—De acuerdo.

—Pero no se lo digas a nadie. —Asiente—.Y Trip, de vez en cuando, cuando tenga que irme, ¿podrías asegurarte de que nadie más estacione aquí? Debo tener este lugar preciso para el equipo electrónico.

—Claro.

Unas horas más tarde, sin haber logrado ningún avistamiento de Sylvester, me marcho a hacer algunos recados. Victor necesita un baño, así que lo llevo a un autolavado de automóviles. Después llevo a Victor a una gasolinera para ponerle combustible y cambiarle el aceite, y también para ir al supermercado y hacer acopio de fruta y naranjas.

Los supermercados de aquí son asombrosos. Con gran alegría descubro enormes secciones de comida que no activan las campanas de mi cabeza. Parece que el ochenta por ciento de los supermercados de aquí están libres de «grasa, harina y azúcar». Lleno el monovolumen de comida y después pregunto dónde puedo encontrar una tienda de comida italiana. Aunque me parece que tengo que conducir hasta el infinito para llegar a La Casa Nostra, merece la pena, porque tienen exactamente lo que quiero en su sección de especialidades. Entonces me dirijo de vuelta a la casa de Sylvester.

El fiel Trípoli me ha guardado el lugar para estacionar. Está haciendo el tonto con sus amigos guardaespaldas, incitando a los perros en el jardín delantero. Tengo la sensación de que hacen eso muchas veces y me pregunto si conservan todos los dedos. Estaciono y preparo rápidamente una pequeña sorpresa para Trip. Después saco la cabeza por la ventanilla del monovolumen y lo llamo para que venga. Esta vez está dispuesto a entrar en Victor. Y sé que es a causa del olor. Sobre la mesita desplegable he colocado un plato humeante de los macarrones favoritos de los calabreses: *cadavells*.

—Tienes que comértelo todo. Estoy demasiado llena para ayudarte —le digo.

Trip prácticamente inhala los macarrones.

—¿Dónde los encontraste? —pregunta cuando finalmente emerge del plato.

—Mi madre es italiana —le digo. Otra mentira.

—¡Ah! —suspira, y sé que ahora estamos unidos de por vida.

Le ofrezco una taza de *cappuccino* que acepta y, mientras estoy espumando la leche, pregunto:

—Trip, ¿has notado alguna conducta sospechosa por parte de alguno de los vecinos?

Piensa en ello por unos instantes. Compruebo que tiene problemas para cambiar de marcha y ponerse en modo sospecha. Después de todo, cuando acabas de comerte la comida de tu legado genética, es difícil no mostrarse de otra forma que no sea comunicativo. Trip arruga la cara, prueba de que está pensando concienzudamente.

—Tal vez esa Mary Pat Johanssen. A lo mejor está metida en algo.

No sabía que Mary Pat Johanssen, la gurú *New Age* de las estrellas, vive en esta calle. Pero es una información divertida porque siempre he admirado su ropa. Aunque es capaz de llenar el recinto del Felt Forum para un seminario religioso, no finge esa afectación beata de «soy demasiado espiritual para preocuparme por la ropa». Se viste con minifalda, zapatos de tacón y un montón de maquillaje.

En realidad no es enteramente correcto llamar *New Age* a Mary Pat porque, de hecho, es defensora de la filosofía cristiana, pero como esto está irremediablemente anticuado, enmarca todo dentro de las enseñanzas de sus antepasados, que son indios Navajo y musulmanes sunníes.

—Entonces, ¿qué hay de sospechoso en Mary Pat Johannsen?

El pobre Trip tiene que pensárselo un poco. Es obvio que no tiene nada más para seguir. Simplemente ha intentado ser amable después de que lo abarrotase con los *cavadells*.

—¿Quién es ese tipo alto y grande con el tatuaje de la serpiente en el brazo? —pregunto, pensando en el hombre que vi en Le Jock, L.A.

—Es Snake. Trabaja para el señor Stallone.

—¿Haciendo qué?

—Gestiona la casa. Es como... el mayordomo.

Entrecierro los ojos y frunzo el ceño, proyectando una actitud verdaderamente empapada de testosterona.

—No se parece a ningún gestor de fincas que haya conocido nunca.

—Bueno, antes el señor Stallone tenía uno de esos mayordomos ingleses, pero ya sabes que pueden ser como un grano en el culo. Lo llamábamos el Príncipe Carlos de segunda mano. Pero, cuando se marchó, el señor Stallone contrató a Snake.

—¿Y qué hay del calvo con la mochila de chapas de refrescos, el que siempre está caminando de un lado a otro de la calle buscando basura?

—Ah, ese es Lucky. Lo perdió todo con el estallido de los fondos de inversión inmobiliario y el señor Stallone siente pena por él, así que le deja vivir en una de las casitas de los jardineros.

—Nada de esto es de ninguna ayuda, Trip.

—Podrías hablar tú misma con esa Mary Pat Johanssen. Yo puedo arreglarlo, porque va a venir esta noche a la fiesta del señor Stallone.

Al oír la invitación reprimo mi excitación con la mirada severa de una agente del orden público.

—Gracias, Trip. Es una gran idea. ¿Has considerado alguna vez la posibilidad de empezar una carrera profesional en el gobierno? Un hombre como tú nos vendría bien.

Halagado, mi amigo Trípoli promete pensar en ello y lo despacho con varios envases de plástico lleno de *cavadells* para sus amigos guardaespaldas. Más tarde, Trip trae a los otros guardaespaldas, Nick y Vinnie, para darme las gracias. Los invito a ver a Oprah, que hoy también tiene un programa sobre el abuso de esteroides: «¿De verdad pueden matarte?». Esto atrapa su atención y los mantiene absortos. Quiero decir que ni siquiera parpadean.

Después de servir cuatro expresos y jugar varias manos de *gin rummy* con los chicos durante esa difícil parte del día post-Oprah, miro por la ventanilla hacia Casa Stallone y me pregunto cuánto tiempo más van a seguir aquí estos tipos. Por fin Trip coloca toda su masa corporal en posición vertical, estudia el reloj que lleva en su descomunal muñeca y anuncia que es hora de prepararse para la fiesta.

Me guía a través de una enorme puerta electrificada y por una puerta lateral de servicio que hay bajo un pórtico. Afortunadamente, los rottweilers ya están encerrados en sus perreras para la noche. Trip me lleva a la cocina, donde hay muchas personas preparando comida. Me dice que vamos a subir al dormitorio de invitados de la primera planta para que me pueda cambiar y arreglar el cabello. Supongo que eso es una indirecta.

De camino a la cocina, me encuentro directamente con eso dos tipos extraños que no hace mucho tiempo me echaron de Le Jock, L.A. Trip me presenta al tipo alto con el tatuaje:

—Snake, me gustaría presentarte a...

Extiendo la mano.

—Molly Johnson, la hermana pequeña de Don —le digo. Trip me mira de forma extraña hasta que le susurro al oído—: Mi tapadera.

Sorprendentemente, Snake parece creérselo. Sin embargo, Lucky, el esbirro bajito y calvo, parece más desconfiado. Me mira y después mira hacia la esquina superior izquierda, lo cual cualquier programador neurolingüista podría decirte que es una señal certera de que está buscando un recuerdo en su memoria. Me quedo paralizada como un ciervo mirando fijamente las luces de un camión tráiler de dieciocho ruedas.

—Me resultas muy familiar —dice lentamente—. Yo te conozco.

—Tal vez de otra vida —sugiero.

Su rostro correoso se arruga con una sonrisa mientras intenta pensar. Cuando comprendo que no logra recuperar nada de su banco de memoria, sonrío. Que ninguno de los dos hombres me reconozca me hace preguntarme si el peso que he perdido, además de trasquilarme el cabello en Bozeman, Montana, ha supuesto una diferencia importante en mi apariencia o si tal vez simplemente estaban pasando un buen día de solo hombres.

Trip me lleva a la planta superior y me entrega a una preciosa rubia de metro ochenta diciéndome que es la novia de Snake y que se llama Lips, lo cual me imagino que explica el significado del tatuaje de Snake en el otro bíceps. Lips y Snake son una pareja increíblemente dispar. Lips no puede tener más de veinte años y todo en ella rezuma lujuria, especialmente esos grandes y provocativos labios. No es simplemente hermosa, es el tipo de belleza espléndida que te grita a la cara. Emparejarla con Snake es como emparejar a una Kim Bassinger joven con un torpe Howard Stern. Aunque tengo que admitir que Lips tampoco parece tener mucho cerebro. Tiene la extraña costumbre de fijar de vez en cuando la vista en el aire que tiene al lado. Y da la sensación de que, si le cuentas algo, lo olvidará a toda velocidad.

Viste igual que Snake, con *jeans* cortados y un chaleco de cuero que combina con el de Snake. De sus orejas perfectas cuelgan unos pequeños pendientes en forma de serpientes de color lavanda, y unos mechones de cabellos también de color lavanda atraviesan su rubio cabello.

—Los chicos me han dicho que tengo que tengo que conseguir que brilles. —Se encamina a un Jacuzzi gigante de mármol que hay en medio del baño—. Cuando acabes con el baño, puedes elegir lo que quieras ponerte. —Y abre la puerta de un armario enorme.

Como no quiero desnudarme delante de ella, le digo a Lips que acabo de ducharme. Se encoge de hombros y se dirige al Jacuzzi, dejando caer su ropa mientras camina. Esto me permite ver *sus* tatuajes: la mariposa sobre su hombro derecho, la enredadera de rosas en su tobillo y el más ingenioso de todos, las dos palabras que tiene tatuadas en sus nalgas. Leídas juntas de izquierda a derecha, apremian: «¡Hazlo ya!». Me pregunto qué razón pudo haber encontrado para utilizar su cuerpo encantador como un muro para grafiti, pero la idea misma es un recordatorio de que soy irremediablemente anticuada y muy, muy vieja.

Echo un vistazo despreocupadamente a la ropa del armario, compuestoprincipalmentepor prendas de lamé dorado, lentejuelas plateadas, gasa negra... cosas verdaderamente de chicas, y yo no visto como una chica... ni siquiera para una fiesta. Margaret White, I.P. no se pondría estas cosas, y yo tampoco lo haré. Me siento y me cruzo de brazos testarudamente.

Cuando Lips sale de su baño de burbujas (una visión intimidante) y entra en la habitación de invitados, advierte mi postura corporal negativa y adopta un tono de voz bastante mandón.

—Trip dijo que, si quieres venir a la fiesta, tienes que vestirte como todos los demás.

Le explico que yo no me visto así... jamás. Pero ella me responde con tranquilidad que no tengo elección. Así que escojo la prenda menos ofensiva que encuentro, un Aleia Azzedia negro, y supongo que ya está, que ya hemos acabado con la cosa esta de disfrazarme. Pero Lips comienza directamente con mi cabello.

—Tienen que peinarte —insiste con esos sensuales labios carnosos.

—Olvídalo —le digo.

—Este corte es imposible —se queja, y abre la puerta de un segundo armario, donde guarda al menos una docena de pelucas sobre cabezas de espuma de poliestireno—. Elige una —me ordena.

Al estudiar la colección, veo que puedo elegir entre la larga melena rubia fresa de Ann Margaret, la melena oscura de corte*bob* de Demi Moore o la cabellera alborotada de Farah Fawcett. «Puaj», pienso, pero como tengo que tomar una decisión, elijo la cosa rubio platino que parece que la hayan revuelto con una batidora. Básicamente esta noche voy a llevar el pelo de Rod Stewart.

Lips me coloca la peluca, pero supongo que no está satisfecha con hacerme parecer una *groupie* del club de fútbol de Liverpool travestida. No, tiene que untarse la punta de los dedos con una cosa mugrienta y ponerme varios mechones de punta, para que parezca que me he electrocutado.

Para empeorar aún más las cosas, insiste en maquillarme. Sé que debería intentar detenerla, pero a estas alturas ya me he rendido. Si me hace parecer un mapache, me limitaré a quitármelo más adelante. Cuando acaba me miro en el espejo. Y soy otra mujer, la típica mujer de las revistas... falsa y moderna.

Y en el espejo desvío los ojos desde mi rostro perfectamente moderno al rostro de Mary Pat Johannsen, que acaba de entrar. Me giro para estrecharle la mano.

—Molly Johnson, la hermana pequeña de Don —le digo, y me da un cálido abrazo, como si fuéramos viejas amigas.

—Vi a Don en Aspen en marzo —dice Mary Pat—. Tuvimos una conversación maravillosa. Las montañas son increíblemente conductoras de la búsqueda espiritual.

Aparentemente, Mary también está aquí para que la maquillen. Aunque primero Lips tiene que eliminar el maquillaje que ya lleva encima Mary Pat, al parecer con el único propósito de cruzar la calle. ¡Da igual! Estoy emocionada. Después de todo, esta mujer es la gigante espiritual del *New Age*, la gurú de la década que llena el Giants Stadium, el Wrigley Field y el Houston Astrodome. Mary Pat me mira con atención, toma mi mano y después se inclina para decirme lo que supongo que es una verdad espiritual.

—Estás muy guapa —dice.

¡Vaya! Me siento como si hubiera recibido algún tipo de descarga de baja intensidad solo con su tacto. Cuando le llamo la atención sobre ello, me dice que es una respuesta muy habitual y sospecha que, debido a su espiritualidad aumentada, es posible que esté reverberando a una intensidad eléctrica superior al resto de nosotros.

Abuso un poco de Mary Pat pidiéndole que rece por mi futuro. Es una combinación de oración y observación de mi karma con el objeto de profetizar. Me siento un poco mezquina con esta petición porque la mujer no está trabajando en este momento, simplemente se está maquillando, pero el rostro de Mary Pat se ilumina como si nadie le hubiera pedido nunca que hiciera algo así. Y siento dentro de mí una respuesta de gratitud y la sensación creciente de que es verdaderamente una persona excepcional a quien he tenido la asombrosa e inmensa buena suerte de conocer.

Mary Pat promete ofrecer una oración futura en cuanto Lips termine de maquillarla. Aunque Mary Pat está muy descontenta con la base de maquillaje de la primera capa y se pone un poco gruñona, la tarea de maquillarla no toma demasiado tiempo y Lips lo acaba de una pasada. Aplica correctamente la segunda capa de base y pronto Mary Pat está mirándome fijamente a los ojos mientras toca misdedos con la punta de los suyos.

De nuevo hay algo que es casi una descarga eléctrica. Mary Pat parece sumirse en un trance durante unos minutos, y las emociones destellan en su rostro. Deben ser emociones placenteras, porque sus expresiones faciales recuerdan principalmente al rostro femenino durante el orgasmo. Claro que solo he visto el rostro femenino durante el orgasmo en las películas, y estas las dirigen y producen hombres, así que la fiabilidad de su percepción me parece cuestionable. Cuando ha terminado, Mary Pat alcanza su bolso y estoy segura de que va a encender un cigarrillo, sea o no un riesgo para la salud. En lugar de eso, se rocía con un spray de perfume y dice:

—Todo va a ir bien.

—¿Bien cómo? ¿Bien exactamente de qué forma? —pregunto.

—Todos tus sueños se harán realidad.

Me echo a reír.

—¿Esa no es una maldición china?

Mary Pat se aplica una capa extra de máscara de pestañas.

—Sí, pero tú no eres china, así que para ti no es una maldición. —Se alisa la falda de su traje de seda de color púrpura, mete la tripa y se dirige a la puerta—. Ah, a propósito —me dice, deteniéndose en el umbral—, si tienes alguna experiencia telepática o percepción extrasensorial, no te alarmes. Les sucede a muchas personas unos días después de tocarme.

Mary Pat se marcha y Lips me lleva hacia la puerta abierta.

—Deséame suerte —le digo a Lips, que estoy segura de que no tiene ni idea de lo que estoy hablando y tampoco le interesa.

—Buena suerte —susurra de todos modos.

Capítulo doce

Bajo por una escalinata circular hasta un gran *foyer* de mármol repleto de palmeras y luces resplandecientes. No sé si han metido dentro las enormes palmeras solo para la fiesta o si viven ahí todo el tiempo, pero con toda seguridad lucen espectaculares.

Él está ahí, al pie de las escaleras. Con su camisa Gianni Versace de seda negra, Sylvester hace equilibrios con una bandeja de plata sobre la que sostiene una docena de burbujeantes copas aflautadas. Sylvester Stallone... ¡sirviendo bebidas en su propia fiesta! Desprende tan poca afectación y es tan acogedor, tan Martha Stewart, que tengo problemas para procesar la imagen.

—¿Champán? —pregunta con esa voz que conozco tan bien.

Mientras extiendo la mano para tomar una copa, le echo un buen vistazo. En la distancia corta parece más mayor de lo que esperaba. Sin embargo, me recuerdo a mí misma que mi obsesión por Stallone está basada en el Stallone de veinticinco años. Tengo delante de mí a una persona real, no una obsesión o un sueño.

Así que me concentro e intento examinarlo detenidamente con una mirada limpia y nueva. Veo a un hombre que está bronceado, en forma y con una actitud cordial. Veo un rostro italianizante, una boca ligeramente arrugada y el magnetismo animal que acompaña a la inmensa riqueza. Pero empiezo a darme cuenta de que es mejor que me preocupe por lo que ve Stallone cuando me mira, en lugar de al revés. Afortunadamente, no hay ningún atisbo de reconocimiento en sus ojos, así que supongo que he escapado a que meidentifique como la mujer desquiciada del gimnasio.

Antes de que pueda pensar en algo que decir, Sylvester se aleja para ofrecer champán a los demás invitados. Cuando me doy cuenta de que Lips está de pie a mi lado, le aprieto el brazo con nerviosismo. Lips me conducea unaenorme sala dominada por una lámpara de araña de cristales Waterford de tres pisos que destella a la luz como los diamantes de Cartier.

Contemplo a la multitud a mi alrededor. Todos van vestidos de negro y todos tienen el cabello desordenado. Así que, aunque tengo un aspecto extraño, en realidad luzco como todos los demás, a excepción de Mary Pat Johannsen, que lleva un peinado normal y va vestida de color púrpura.

—¿Quiénes son esas personas? —le pregunto a Lips.

—Excepto los que pertenecen a la industria y los hijos y las exesposas de Sly, todas estaspersonas son principalmente editores de Nueva York, porque es una fiesta para celebrar el nuevo libro de Sly. Es su análisis de los pintores flamencos del siglo XVI. Quería hacer algo para todos los que colaboraron con el libro, así que se los ha traído en avión hasta aquí.

—No sabía que fuera experto en arte.

—Oh, es muy inteligente y está todo el tiempo leyendo —me cuenta.

Vaya, esperaba que fuera astuto, pero, desde luego, no esperaba que fuera un intelectual. Desde el otro lado del salón se acerca en picado hacia nosotros una mujer alta y huesuda. Está enfundada en un severo vestido negro de cuello redondo que deja al descubierto sus prominentes clavículas y su escuálido cuello. Un casquete de cabello negro rodea su rostro, que es todo líneas y ángulos rectos, y posee esa mirada perpetuamente fija con los ojos abiertos como platos que la mayor parte de las veces es el resultado de un lifting facial mal ejecutado.

—¿No es Sly algo fuera de este mundo? —dice la mujer la mujer efusivamente—. Quiero decir, probablemente tenga problemas. Todos tenemos problemas. Pero de alguna manera Sylvester ha trascendido a un plano mental y espiritual diferente al de todos nosotros.

—Bien, es un tipo que vive la vida —murmuro.

—Vaya, me gusta. Es un tipo que vive la vida —repite—. ¿Eso es tuyo o es de otra persona? —pregunta, paralizándome con su mirada gatuna afilada como un bisturí.

—Bueno, si no fuera mío, se lo habría atribuido a su autor.

Lips me da un fuerte codazo en el costado, pero no se me ocurre que está intentando advertirme algo. La mujer palo me toma del brazo.

—Siempre me interesan las ideas frescas. Vayamos a esa esquina.

A pesar de que Lips me hace un gesto desesperado, hablo con esta extraña mujer durante un buen rato, explayándome en mis temas favoritos: la vida, la valentía y el ser mujer, y durante todo ese tiempo Lips intenta atraer mi atención. Finalmente interrumpo mi monólogo solo para acercarme a donde está Lips y pedirle por favor que deje de distraerme. En cambio, ella me agarra por el brazo.

—¡Esa es Wendy Kroy!

—¿Y?

—Es una productora que... más o menos... desarrolla ideas.

—¿Y? De verdad que no veo el problema.

Lips me lanza una mirada como si fuera increíblemente dura de mollera.

—Mira, no sé de dónde eres o cuál es tu oficio, pero la especialidad de Wendy son las ideas... quiero decir, las ideas de otros. Nadie del gremio creativo habla con ella porque es como una esponja gigante. Absorbe cualquier cosa novedosa de tu línea de pensamiento y después hace que otra persona lo escriba por el sueldo mínimo establecido por el sindicato. No te creerías las historias que se cuentan sobre las cosas que ha hecho. Ni siquiera sé cómo entró aquí. No está invitada. Debe haberse colado.

Pero no tenemos tiempo para profundizar más porque Wendy se desliza de nuevo a nuestro lado.

—Ah, charla de chicas. Quiero participar.

Sylvester susurra en el oído del pianista enfundado en un esmoquin sentado al gran piano blanco próximo a las puertas francesas. Y oigo que suena *Un americano en París* seguido de una interpretación habilidosa y sutil de Cole Porter, a continuación, *La primavera* de *Las cuatro estaciones* de Vivaldi y finalmente *Piano Man* de Billy Joel. Justo en este momento, por increíble que parezca, Sylvester se acerca a nosotras. El corazón me late como si me hubieran dado el papel protagonista de la obra de teatro de la escuela.

—¿Lo estás pasando bien? —pregunta. Abro la boca, pero no sale nada de ella—. He oído que hay una ola de frío en la Gran Manzana. Cuatro bajo cero. Pero a nosotros qué nos importa, ¿verdad?

Aquí está Sylvester Stallone, de pie justo delante de mí... el centro de mi sueño, por muy alocado, obseso e irracional que sea, la razón de mi viaje transcontinental, el objeto de mi búsqueda, o lo que demonios sea esto. Entonces, ¿por qué no le respondo? ¿Dónde está mi audacia cuando la necesito?

Wendy Kroy saca el máximo provecho de esta tregua conversacional y toma a Sylvester por el brazo.

—Ya sabes, Sylvester, que siempre te he visto como un hombre que «vive la vida». Esa es la frase que asocio inmediatamente contigo. «Vive la vida». Creo que hay unas cuantas posibilidades de marketing derivadas de esa frase. Salgamos a la piscina.

Me tomo el champán de un trago, enfadada conmigo misma. ¿Cuantas oportunidades creo que voy a tener? Lips me mira y sacude la cabeza.

—Si quieres hablar con él, deberías hacerlo y punto.

Sigo a Sylvester y a Wendy, que están afuera junto a la piscina, pero, a dondequiera que vaya Sylvester, inmediatamente se forma una pequeña muchedumbre a su alrededor y parece que soy incapaz de atravesarla. Cuando se escabulle de Wendy y se dirige a la cocina, le sigo. Tiene el tamaño de la cocina de un restaurante, con grandes fogones y neveras gigantes de aluminio y cristal. Snake, vestido con un esmoquin (una contradicción visual gigantesca), está tomando otra bandeja de canapésdel mostrador.

—Esta gente es muy ansiosa —se queja a Sylvester—. Se empujan unos a otros para conseguir los *hors d'oevres*. Y no creo que tengan hambre. Simplemente quieren ser los primeros.

Sylvester le da una palmadita en su huesudo hombro.

—No pueden evitarlo.Es el efecto que tiene frío y el ajetreo constante sobre sus personalidades. Ten paciencia y sonríe, ya se calmarán. —Un instante después, Sylvester ya ha vuelto a salir de la cocina. Los siguientes cuarenta minutos trato de alcanzarlo o abrirme paso a través del grupito que lo rodea en todo momento, pero no tengo suerte.

Así que, cuando veo *La decadencia y caída del Imperio romano* de Gibbons sobre la mesa que hay al lado del sillón Eames, decido tomarme un descanso. Un poco de Gibbons siempre me calma los nervios. Me siento, me quito los zapatos y me acurruco con el libro. Mientras leo, me molesta la picazón que me produce la peluca e intento rascarme la cabeza sin descolocarla. Es entonces cuando veo a Sly mirándome con curiosidad.

—¿Te gusta ese libro? —pregunta.

—Por supuesto... Es el mejor sobre la decadencia de Roma, aunque Will y Ariel Durant tampoco lo hicieron mal.

—Ese libro ha estado dos años en esa mesa y eres la primera persona que lo abre.

—¿De verdad?

—Vayamos a tomar un poco de aire fresco.

Capítulo trece

Cruzamos la puerta principal, atravesamos la larga carretera hasta la verja y salimos a la calle.

—No te acerques al monovolumen —me dice—. Tengo un problema temporal con una acosadora. Dice que pertenece a la BATF, pero no me lo creo.

—Es terrible —digo, y caminamos en dirección contraria.

—¿Y cuál es tu historia? —pregunta—. ¿Por qué eres la primera persona que viene a mis fiestas que lee a Gibbons? —No sé qué contestar a eso. Pero, mientras estoy pensando, Sylvester interrumpe—. ¿Es porque «Leer es para la mente lo que el ejercicio es para el cuerpo»? Richard Steele, 1989.

«¡Increíble!», pienso. ¿De verdad me está citando a Richard Steele? Tiene gracia. Al haber sido educada en el Minimalismo, busco en mi bolsa de citas de Hemingway.

—«Entonces sonaría como si estuviera reclamando para mí una erudición que no poseo». Ernest Hemingway, 1939. —Ambos nos echamos a reír y esto cambia por completo el rostro de Sylvester. Me siento comodísima con él, como si fuéramos viejos amigos.

—Creo que eres escritora —me acusa alegremente.

—Bueno...

—Solo los escritores hablan así. —Sylvester adapta su paso al mío mientras caminamos por el bulevar Eldorado, que está desierto a excepción del personal de seguridad y los monitores de vídeo que se giran cuando pasamos delante de ellos—. Debí haberlo adivinado —añade Sylvester—. Siempre soy amable con los escritores.

—¿Por qué?

—Probablemente porque empecé como escritor. Pero hablemos de ti. Dime por qué trabajas para una editorial en lugar de escribir.

Respiro profundamente y le explico que no trabajo para una editorial y que he escrito un libro, y empiezo a hablarle de mi novela y de mis relatos cortos. Hablo mucho más de lo que se considera educado, pero él parece interesado.

—Estoy de acuerdo contigo —dice cuando finalmente tomo aliento—. Me gusta más la idea de Margaret White que la de los relatos cortos.

Lo miro con atención y parece sincero.

—Principalmente porque me gustaría ver a una mujer detective realmente grandiosa —dice.

Suspiro. Ya he oído a otros hombres decir esto mismo y nunca he conocido a uno que lo dijera sinceramente. Lo que realmente quieren decir es que no desean tener la discusión feminista que viene a continuación cuando admiten que para las historias de acción en realidad prefieren a un héroe masculino. Mi rostro debe dejar traslucir mi escepticismo porque Sylvester añade:

—No me crees.

Dudo.

—...Bueno, digamos que no es muy habitual.

—¿Por qué no me das una copia del manuscrito, te quedas esta noche y lo discutimos por la mañana?

—¿Quedarme a pasar la noche? —consigo decir.

—Claro. Puedes quedarte en una de las casas de invitados. ¿Te veo a las nueve en la piscina?

No contesto inmediatamente, estoy atónita. Se inclina y me toca el hombro.

—¿De acuerdo?

Una luminosa mañana en Beverly Hills es algo agradable al despertar. Una luz de un color completamente diferente a cualquier luz de la mañana que haya conocido penetra en mi dormitorio de seda coralina. El pequeño reloj de bronce ormolú, anteriormente propiedad de Jacqueline Kennedy Onassis, marca las 6:00 de la mañana, lo que me sorprende porque nunca me despierto a las seis, al menos no voluntariamente.

Pero merodeo por la casa, encuentro una cafetera y un poco de café de chocolate y frambuesa, lo que me permite relajarme bebiendo el café gourmet de Sylvester y disfrutando de sus vistas. Hay un jardín inglés encantador cerca de la casa, bien cuidado y surcado por senderos sinuosos. Me encantaría dar un paseo por el exterior y sentarme en el bonito banco de piedra, pero veo a través de las ventanas dobles que los rottweilers están sueltos.

Como no encuentro nada mejor que hacer y estoy nerviosa, hago ejercicio en la cinta de correr Nordic y la Stairmaster situadas en el baño gigante de mármol. Después me ducho y alimento a los hámsteres que me traje del monovolumen anoche, cuando le di mi manuscrito de *Margaret White, I. P.* a Trip para que se lo entregase a Sylvester.

También aproveché la oportunidad para explicar a Trip que, aunque trabajo para la BATF (confidencialmente), también soy la hermana pequeña de Don Johnson, y además soy una escritora cuyo seudónimo es Molly Malone, y que así es como me gustaría que me llamara en el futuro. Naturalmente, le explico que todo esto es un enorme secreto y le recuerdo que se mantenga ojo avizor con los vecinos. Me imagino que esto debería ser suficiente para cuadrar todas mis historias (a no ser que Don Johnson venga de visita).

Al mirar el reloj veo que se acercan las nueve y es mejor que me vista. Claro que nuestra reunión va a ser una sesión de trabajo. De todos modos, esto es Beverly Hills y nos vamos a reunir junto a la piscina, así que me pregunto qué debería ponerme.

Hay varios trajes de baño colgados en unas perchas dentro del gran cuarto de baño, pero no hay ni la más remota posibilidad de que me vaya a poner uno de ellos. En lugar de eso, me visto con mi uniforme: *jeans* negros, una camiseta interior blanca de hombre arremangada y mis botas rojas de cowboy. Mirándome en el espejo, decido que lo único que le falta a mi conjunto es un paquete de cigarrillos sujeto en los pliegues de la manga de mi camiseta. Así de cerca estoy de James Dean.

Cuando salgo no hay nadie en la piscina. Sin embargo, los adiestradores han empezado a trabajar con los rottweilers practicando sus ejercicios de ataque y desgarro, así que al menos sé que los perros están bajo control y no tengo que preocuparme por que practiquen conmigo.

Son las 9:03 en mi reloj y no hay nadie por aquí excepto el servicio: los instructores de aerobic, los guardaespaldas, los adiestradores de los perros y los jardineros. Pasado un tiempo, Sylvester sale de la casa principal luciendo un bañador de seda negra de Gianni Versace y una toalla de terciopelo negro. Camina hacia mí y me pasa la toalla. Después se dirige al trampolín y realiza un salto carpado hacia afuera perfecto para entrar en la piscina.

Cuando emerge goteando después de cruzar la piscina a nado, el sol de L.A. es tan brillante a su espalda que los bordes de su cuerpo irradian luz. Después de frotarse vigorosamente con la toalla negra, Sylvester se acomoda a mi lado en una de las hamacas de madera de teca con cojines de cretona inglesa. Intento no mirar sus músculos abultados y bronceados: el bíceps, el tríceps y la bien delineada tableta de chocolate de su estómago.

Cuando aparece Snake con una bandeja con dos copas heladas llenas de jugo de naranja, tomo la primera y Sylvester la segunda y, acto seguido, Snake se esfuma.

—¿Dónde lo encontraste? —pregunto, refiriéndome a Snake.

—Se lo robé a Frank Sinatra.

—Me tomas el pelo.

—A algunas personas no les gusta Snake porque es un poco diferente, pero es fiel, y la mayoría de mis personas favoritas son un poco diferentes.

Entiendo lo que quiere decir porque eso mismo me sucede a mí.

—Pero Molly —Sly pone su mano sobre mi hombro—, no prolonguemos esto, porque tengo que decirte que me encanta tu libro.

—¿De verdad?

—Totalmente. Es brillante. Es salvaje e inteligente. Has creado un héroe de acción real en forma femenina. Es una obra de arte asombrosa.

—¿Qué te parece la apertura? —pregunto—. Me preocupa un poco que el inicio sea lento, aunque lo discutí con varios camioneros mientras atravesaba el país y ellos pensaban que estaba bien.

—Bueno, supongo que estoy de acuerdo con John Updike cuando dijo: «Cuando escribo, en mi mente apunto hacia un lugar que no es Nueva York, sino un punto indefinido situadoligeramente al este de Kansas».

Doy un sorbo de jugo de naranja y me lo pienso.

—Sin embargo, sí veo un gran problema en el concepto —me dice Sylvester.

Ay, Dios, sabía que las cosas estaban yendo demasiado bien. Preparándome para lo peor, pregunto:

—¿Qué es?

—Tu época.

—No lo entiendo.

—Si colocas a *Margaret White, Investigadora Privada,* en el marco temporal actual, todo el mundo te va a saltar encima por ser políticamente incorrecta. Vas a tener críticos que aleguen que Margaret no debería echar a patadas a la activista vegetariana bisexual discapacitada que lucha por los derechos de los animales, aunque sea la asesina, porque envía un mensaje negativo acerca de los activistas de los derechos de los animales, los vegetales, la bisexualidad y la discapacidad.

—Ya veo lo que quieres decir. Pero no entiendo cómo puedo retratar a Margaret de forma sincera y aun así satisfacer a los críticos de la corrección política.

—Creo que tienes que reescribir tu historia situándola en el futuro o en el pasado.

No es mala idea. De hecho, cuando vuelvo la vista a atrás, comprendo que siempre tuve una sensación nerviosa cuando colocaba a Margaret en una confrontación con alguna vaca sagrada, probablemente porque estaba proyectando subconscientemente la gigantesca crítica política que ha sugerido Sylvester.

—¿Sabes? Eso resuelve un montón de problemas. —Doy vueltas a su sugerencia en mi cabeza—. Pero si la sitúo en el futuro —digo, pensando en voz alta—, entonces estoy escribiendo ciencia ficción, que nunca ha sido lo mío.

—De todas formas, creo que el pasado es mejor idea, y tengo una sugerencia.

—¿Cuál es?

—A modo de metáfora de nuestro tiempo, yo propondría situar la historia en la decadencia de Roma.

—Mmm, conozco muy bien esa época.

—Es un marco temporal maravillosamente dramático. Hay un gran cisma entre la clase poderosa y rica y el populacho empobrecido, y hay mucha acción. Tienes el Coliseo, los gladiadores, el declive de la nobleza y la insurgencia de las hordas bárbaras.

—Mmm, muchísima acción —admito, pero no estoy segura de que pueda convertir a Margaret White en una heroína de la Antigua Roma. Quiero decir que estaríamos hablando de un patriarcado muy potente. Una época en la que el *pater familias* posee a la mujer y a los hijos como quien posee vacas u ovejas. Creo que no puedo situar a una mujer detective totalmente operativa en esa clase de entorno patriarcal.

—Es un problema creativo —concede Sylvester—. Vayamos a dar un paseo en auto. Pero antes debemos recoger a Arnold.

Capítulo catorce

Arnold Schwarzenegger vive en una mansión enorme con columnas dóricas de mármol y una piscina que parece un espejo. Al lado de su caserón, grande como Goliat, hay otra residencia rodeada de camiones y hormigoneras. Sylvester me explica que esa será la sede del nuevo laboratorio de ideas de Arnold. Tardo unos minutos en comprenderlo. ¿Un laboratorio de ideas... de Arnold Schwarzenegger?

—Arnold ha contratado a las mejores mentes de un grupo selecto de ciencias y pseudociencias, que incluye no solo economistas de renombre mundial e ingenieros nucleares, sino también personas con capacidades psíquicas, policías, artistas y deportistas.

Al llegar a la casa de Schwarzenegger, espero que nos reciba un criado o un guardaespaldas, pero aparece Schwarzenegger en persona saludándonos desde un balcón de la planta superior. Tiene a su lado a sus hijos pequeños y parece todo un padrazo.

—¡Sylvester, canalla napolitano! —grita desde el balcón—. Sube y saluda a los niños.

Sly y yo pasamos al lado de los arquitectos que llevan planos para el laboratorio de ideas, y de Maria, que está concentrada en su trabajo, dirigiendodesde su casa una conferencia por satélite con los contendientes por el control del Imperio ruso. Sin embargo, no está demasiado ocupada para regalarnos esa deslumbrante sonrisa Kennedy-Shriver mientras subimos hacia el balcón.

Cuando veo a Arnold de cerca, me sientotemporalmente sobrecogida por sus dimensiones. El cuerpo descomunal, la sonrisa con los dientes ligeramente separados y la curiosa afectación del enorme cigarro puro

Winston Churchill, todo ello se combina para crear la sensación instintiva de que es el hombre más poderoso del mundo. Por supuesto que hay hombres que tienen más dinero y mejores conexiones políticas. Pero en cuestión de poder personal, en lo relativo a una fuerte y carismática sensación de rectitud y seguridad, ese hombre es Arnold.

Se sienta con un niño encima de cada una de sus enormes piernas. Arnold explica que les está contando una historia de su ciudad natal en Austria. Estos escuchan atentamente el relato contado con fuerte acento. Yo también escucho, y me sorprende el parecido tan impresionante que tiene el cuento con la canción de la araña Itsy Bitsy.

Cuando Arnold termina y los niños salen para dirigirse a sus clases de idiomas, le da a Sylvester una palmada en la espalda.

—¿Y cómo está el italiano esta mañana? ¿Está contento o triste? —Arnold me mira y guiña un ojo—. Los austriacos solo somos rectos e industriosos.

Sylvester pone los ojos en blanco ante lo que obviamente es una broma recurrente.

—Arnold, me gustaría que conocieras a una amiga mía, Molly Malone.

Arnold posa sus ojos de color avellana en mí. Nunca me había sometido a un escrutinio tan exhaustivo. Me siento bajo su intensa inspección y me parece que no solo puede ver a través de mí, sino que puede retirar las capas de mi personalidad como si fueran láminas transparentes de un modelo anatómico. Sonríe, y su sonrisa es ancha.

—No es de California —le dice a Sylvester.

—No.

Arnold me mira de nuevo con una mirada que no es menos penetrante e intrusiva que la anterior.

—¿Está bien? —pregunta a Sylvester.

—Por supuesto.

—Entonces me gusta —anuncia Arnold, mirándome con una mezcla de amistad y respeto. Sé que no he hecho nada para ganarme su amistad, así que debe provenir de la recomendación de Sylvester o de algún tipo de intuición que acompañara al análisis que ha realizado Arnold de mis facciones. Aun así, parece incondicionalmente fiable. Mientras devuelvo la sonrisa a Arnold, de alguna forma siento que nosotros tres juntos formamos algo especial.

—De acuerdo, manos a la obra —dice Arnold—. ¿En qué auto? ¿El tuyo o el mío?

—¿Ya has contratado a un conductor?

—Sly, Sly, ya sabes que soy un hombre del pueblo. Sabes que no apruebo a esos burgueses que se aíslan en una burbuja de riqueza.

Sylvester señala hacia lo que me parece un pequeño vehículo blindado de una de las películas de Arnold. Aunque me da la sensación de que es demasiado pequeño para Arnold, tiene el aspecto de ser el vehículo urbano perfecto.

—Conduce personalmente ese ridículo Humvee. Tomemos mi auto —sugiere Sylvester.

Arnold sonríe con su gran sonrisa de dientes separados.

—Soy fácil de contentar. Además, el Humvee no arranca esta mañana.

Bajamos por la gigantesca escalera circular, decimos adiós a Maria con la mano y salimos. Nick, Vinnie y Trip esperan en la limusina con sus brazos gruesos como salchichas apretados uno contra otro en el asiento trasero.

—¿De verdad necesitamos guardaespaldas, Sly? Después de todo, tenemos a Molly. —Al parecer, Arnold es incapaz de dejar pasar una oportunidad de burlarse de Sylvester.

—Los guardaespaldas necesitaban salir —le explico a Arnold—. Llevan demasiado tiempo sentados en la casa y no queremos que se oxiden.

Arnold asiente, ya que está familiarizado con la psicología de la seguridad.

—De acuerdo, de acuerdo —dice mientras nos deslizamos en los asientos frente a los guardaespaldas de Sly—. Pero yo controlo la música.

—Ahora mismo no me apetece música clásica —le dice Sylvester—. Estoy de humor para escuchar *country* del oeste.

—No, no, no —insiste Arnold—. Escuchamos *country* cuando vamos al Planet Hollywood de Aspen. Escuchamos *rap* y *heavy metal* cuando vamos al restaurante de Nueva York. Aquí en Los Ángeles escuchamos música clásica. Te doy a elegir: ¿Schumann o Bach?

—¿Qué Bach?

—Anna Magdalena Bach. Siempre prefiero a las damas, ya lo sabes. Pregunta a Maria.

—De acuerdo, de acuerdo, Bach.

Arnold sonríe con su gran sonrisa germánica rebosante de salud.

—Me gusta salirme con la mía, ¿sabes? —dice. Entonces da una orden a Snake, que acaba de sentarse tras el volante—. Vamos a llevar a Molly a hacer toda la visita, la enchilada completa.

Subo mi ventanilla tintada, no para aislarme del mundo real sino para deleitarme con una vista más clara, agradable y con aire acondicionado del mundo. Sentada entre los dos musculosos magnates, en la sección central de la gran limusina blanca, soy consciente de que estoy rodeada de cientos de kilos de músculos. Aunque Arnold, al contrario que Sylvester, no hace alarde de sus músculos bajo la seda de su ropa, apuntando más a una imagen del tipo banquero-ejecutivo-jugador de tenis, noto sus bíceps carnosos a mi izquierda igual que siento los de Sylvester a mi derecha. Y es una sensación placentera. Otra mujer tal vez se sentiría intimidada o enmudecida, pero yo siento que he encontrado el lugar perfecto para mí en el universo, mi espacio ideal.

—Entonces, ¿cuál es el plan? —pregunto.

Arnold enciende el gran puro Winston Churchill y gesticula con sus enormes manos.

—El plan es organizar a las grandes mentes de todas las ciencias para resolver los problemas realmente importantes. La fusión nuclear es lo primero, por supuesto, pero hay muchas otras cosas: el hambre en el mundo, la enfermedad, las guerras, el deterioro medioambiental, los conflictos religiosos, la intolerancia, el racismo, el sexismo...

Lo interrumpo.

—Quiero decir que a dónde vamos.

—Lo sabremos cuando lleguemos —responde Sly misteriosamente, y Snake nos traslada a la velocidad del viento por Malibú y, alejándonosdel Teatro Chino Grauman, nos desliza al lado de los pozos de alquitrán La Brea, resbalamos por los empinados acantilados del cañón de Topangay después dejamos atrás los senderos para patinadores de Venice Beach. Para mí, el movimiento y el silencio son maravillosos, ya que me encuentro sumergida en un estofado creativo, una olla burbujeante de pensamientos que seguramente me conducirán hacia una nueva visión que utiliza el ángulo perfecto de la sugerencia de Sly de reescribir *Margaret White, I. P.*, trasladada a la Antigua Roma.

Snake estaciona en Rodeo Drive mientras Sly, Arnold y yo, rodeados por nuestros enormes amigos Trip, Vinnie y Nick, intentamos ir de compras. Desgraciadamente, tenemos que soportar las constantes proclamas de Arnold sobre la estupidez de los productos caros, pero estoy empezando a acostumbrarme a él y puedo hacer las compras a pesar de todo. Unos pantalones de cuero naranja cuestan 8.500 dólares en Rodeo Drive y estoy estudiando las costuras francesas de una blusa blanca lisa por 4.500 dólares cuando Sly insiste en comprarme algo.

De hecho, quiere comprarme un montón de cosas. Tal vez hace siempre lo mismo cuando sale de compras con alguien. Pero de ninguna manera quiero que gaste dinero en mí. Sin embargo, lamentablemente veo que se empieza a sentir muy incómodo con mis negativas. Y, aunque hace poco tiempo que conozco a Sylvester, me siento muy cercana a él y quiero manejar su excéntrica insistencia en comprarme algo con mucho tacto. Así que, cuando pasamos por delante de una joyería que tiene un Nudo de Hércules terriblemente simple engarzado en una cadena de oro, le permito que me lo compre con la condición de que compre dos nudos de oro más: uno para Arnold y otro para él. El Nudo de Hércules dorado, la antigua expresión del lazo de la amistad, será un recordatorio de nuestro día y un símbolo de nuestra creciente amistad. Mientras nos abrochamos las cadenas de oro al cuello, paseo la vista de un rostro al otro y proyecto un futuro de aventuras a altas horas de la noche y angustiosas escapadas de peligrosos establecimientos de bebidas alcohólicas en lugares exóticos.

Pero a Sly le apetece un *cappuccino*, así que nos tomamos un descanso de las compras y nos sentamos en la encantadora terracita de un café donde el follaje de las palmeras sacude los laterales de las mesas de mármol de color negro ébano. Me doy cuenta de que es el momento perfecto para compartir los pensamientos a los que he estado dando vueltas en la cabeza desde nuestro largo paseo en limusina. Primero, por supuesto, tengo que poner a Arnold al día sobre el hecho de que estoy escribiendo un libro con una heroína de acción femenina, y él absorbe esta información muy rápidamente.

—De acuerdo, chicos, imaginemos algo así: transportamos a la protagonista, Margaret White, de vuelta al pasado, a la época de la cultura amazónica, para que pueda ser una amazona detective y resuelva un caso relacionado con la desintegración del Imperio romano.

Sylvester se frota la barbilla.

—Interesante. La leyenda amazónica de la mujer guerrera... Mmm. —Arnold vuelve a encender su puro mientras Sylvester piensa—. Por supuesto, pero hay un problema temporal, porque la primera prueba científica de actividad de la cultura amazónica se remonta al año 300 a. C., mientras que la desintegración del Imperio romano sucedió alrededor del 400 d. C.

Asiento, porque sé que se está refiriendo a los sepulcros de las primeras mujeres guerreras encontrados en la Georgia soviética, y tengo que admitir que desde el año 300 a. C. al 400 b. C. hay un problema temporal, pero no lo veo como un problema importante.

—Pero ¿y si la heroína pertenece a una pequeña tribu de amazonas que ha sobrevivido aislada durante siete siglos? —propongo—. Y, mientras nuestra heroína está de caza con sus hermanas, es secuestrada por una banda de esclavistas que la llevan a Roma, y allí la venden en el mercado. Sin embargo... —Tomo aliento—. Nuestra heroína le salva la vida a su amo, ganándose así su libertad y, después de eso, vive como ciudadana libre en Roma y se gana la vida como guardaespaldas y detective.

—Bien. —Sly se frota el mentón—. Me gusta el concepto de una detective amazona investigando en la Antigua Roma.

—No sé —duda Arnold—. ¿Creo que deberías cambiar su nombre...?

—¿Qué te parece Marga? ¿La llamamos Marga?

Y aquí estamos Sly, Arnold y yo, riendo bajo la luz del sol en nuestra mesita al aire libre cuando, sin previo aviso, una sombra larga y oscura nos bloquea la luz.

Capítulo quince

La sombra pertenece a la mujer alta de la mesa de al lado, que acaba de ponerse en pie y darse la vuelta. Enfundada en un vestido marrón oscuro, con el cabello negro oculto por un sombrero de ala ancha sujeto por una cinta de lino de color arcilla rojiza y un grueso collar punzante que parece hecho de palos, tardo unos instantes en reconocer a Wendy Kroy.

—¡Sly! ¡Arnold! ¡Qué suerte! —suelta efusivamente—. Estaba a punto de llamar.

Sly y Arnold se levantan y empiezan a retroceder.

—Iba a concertar una cita, pero esto es demasiada sincronía. Así que tenemos que hablar ahora mismo, porque tengo la mejor idea del mundo.

—Hemos cambiado los procedimientos de nuestra oficina, Wendy —dice Sly—. No escucho ninguna propuesta a no ser que el gerente de mi oficina la haya aprobado antes.

—Yo tampoco —añade Arnold rápidamente. Mientras tanto, Arnold y Sly siguen retrocediendo hábilmente para salir del estrecho espacio, lo cual me deja sola en la mesa, una presa fácil por decirlo de alguna forma. Viendo lo inevitable de su retirada, Wendy da vueltas a mi alrededor, se coloca directamente delante de mí y resopla.

—Brrr, ya no queda gente con modales. —Después se desliza sobre la silla vacía que hay a mi lado—. Así que los has liado de verdad con esa cosa de las amazonas.

Oh, oh, está claro que me ha oído.

—No dije amazonas, dije alasqueñas.

—¡Y una mierda! —Saca una barra de labios que es del mismo color fangoso que su joyería y se lo aplica cuidadosamente—. ¿Cómo dijiste que te llamabas?

—Molly Johnson.

Wendy se ríe.

—Ah, sí, la hermana pequeña de Don. Qué mono. —Inclina la cara para acercarse a la mía y su aliento huele a moho, a mosto fermentado y a melón podrido—. Déjame explicarte cuál es el protocolo por aquí. Como en la mayoría de las actividades animales, tenemos nuestro territorio y tenemos una cadena alimentaria. He trabajado aquí los últimos catorce años y me he labrado una carrera desarrollando películas de acción, bueno últimamente de acción/aventuras. Pero tú no tienes un territorio y estás muy abajo en la cadena alimentaria, así que solo tienes dos opciones: puedes trabajar *para* mí... —me pasa su tarjeta de negocios— o no tendré más remedio que engullirte.

Ahí es cuando soy consciente de que Sly y Arnold me han dejado con la cuenta. Así que me levanto y meto la mano en el bolsillo para pagar, esperando que Wendy no haya oído toda mi maldita historia, y entonces me interrumpe una mujer que arrastra a un niño de diez años.

—¿Puede indicarme dónde está la pista de hielo? —pregunta.

—¿La pista de hielo? —No puedo creer que me haya dicho eso. Quiero decir que, ¿qué le hace pensar que soy el tipo de mujer que conocería la ubicación de la pista de hielo? Entonces hago algo estúpido impulsivamente. Apuntando con un gesto de la cabeza hacia el niño, pregunto—: ¿Está en la liga local o en la liga de competición?

Naturalmente, ella está encantada con la pregunta.

—En un equipo de competición. Burbank, nivel Squirt. Acabamos de llegar para el partido.

Entonces le digo que tengo cuatro niños en el hockey de competición en Maine, y hasta le cuento lo maravilloso que es el programa de hockey que tenemos. No puedo creer que esté haciendo esto. Es como una de esas experiencias cercanas a la muerte en la que me separo del cuerpo y bajo la vista hacia mi otro yo, que está hablando a esta madre del hockey con un entusiasmo incombustible y a la velocidad de una ametralladora sobre temas como la importancia de la longitud del radio de la cuchilla del patín o el porcentaje de jugadores de la liga júnior que consiguen becas para la universidad.

Al final, la mujer se aleja de mí para preguntar a otra persona por la pista de hielo. Después de pagar la cuenta, regreso a la limusina sacudiendo la cabeza. Debe haber sido la amenaza de Wendy lo que me ha desconcertado de tal forma que he tenido este lapsus (comolo que les sucede a los alcohólicos y a los adictos a la comida) y, aunque tengo que perdonarme por este desliz temporal, sinceramente creo que es una muy mala señal.

Cuando volvemos a la limusina, Sly anuncia con cierta urgencia que tiene que «entrenar» y Arnold asiente sombríamente. Entonces Sly mira a Arnold y dice:

—Llevemos a Molly a ver a Eric el Perverso. —Dado que soy una mujer que ha sido una buena esposa y madre durante mucho tiempo, la idea de encontrarme con alguien llamado Eric el Perverso es intrigante cuando menos.

Snake conduce por Brentwood mientras Arnold comienza un monólogo bastante didáctico sobre cómo todas las personas tienen la obligación de mantener su cuerpo en forma. Sly organiza su rostro para formar una expresión de la mayor seriedad y se muestra de acuerdo con él. Me pregunto si están tratando de decirme algo. Cuando Snake conduce cuesta arriba por una pequeña loma hasta la verja cerrada de una minimansión de ladrillo y habla por el interfono de seguridad sujeto a una columna de ladrillo, la puerta de la verja se abre, Snake conduce el auto a su interior y lo estaciona.

Los guardaespaldas salen y se estiran (esos grandes músculos fornidos y densamente apretados se agarrotan rápido) pero Sly, Arnold y yo entramos en el gran garaje abierto que alberga varias limusinas negras, así como algunos autos deportivos.

—¿De quién es esta casa? —pregunto a Arnold.

—Pertenece al dueño de la empresa de limusinas, pero estamos buscando a Eric el Perverso.

Encontramos a Eric en su pequeño apartamento, que en realidad es una parte tabicada del garaje que Eric comparte con un Lamborghini rojo. Cuando Arnold me llama para hacer las presentaciones, me doy cuenta de que le llaman Eric el Perversoporque es perversamente guapo. Cabello negro y espeso, ojos de color azul claro, nariz recta y mandíbula perfecta.

Eric posee el rostro de un modelo masculino de aspecto agreste y lo complementa con unos hombros anchos que se estrechan en una reducida cintura, unos bonitos glúteos y largas piernas de *cowboy*.

—Queremos que te encargues de Molly —le dice Sly.

Eric le lanza a Sly una mirada acerada.

—No me dedico a las anchas.

Arnold frunce el ceño.

—No es una ancha.

—A mí me parece ancha —Eric me examina de arriba abajo.

Arnold relaja el ceño y recurre a la persuasión.

—Mira Eric, sabemos que nunca has hecho mujeres y comprendemos que tu especialidad es la estética de las proporciones musculares, mientras que a las mujeres se las juzga culturalmente por...

—...las proporciones de sus depósitos de grasa —añade Sly.

—Pero queremos hacer una excepción especial por Molly —continúa Arnold.

—¿Por qué?

Sly me rodea con su brazo.

—Es nuestra amiga.

—Es una chica. —Puede que Eric sea perversamente guapo, pero no me está causando una gran impresión.

—Me lo debes, Eric —le recuerda Sly—. Te he conseguido un montón de trabajos de entrenador con gente de la industria. Te he dado trabajo de conductor.

En este momento lo interrumpo.

—¿Trabajo de conductor?

—Eric es entrenador físico a tiempo parcial y conductor de limusina también a tiempo parcial... —me explica Arnold—. Un hombre del Renacimiento.

Sí, ya sé lo que significa. Significa que Eric no puede ganar lo suficiente para mantenerse en ninguno de los dos trabajos y por eso vive en un garaje de la casa que pertenece a su jefe.

Eric me dedica la sonrisa breve y rápida de un hombre que no tiene alternativa.

—¿Tiene por lo menos algo de musculatura? Me gustaría echar un vistazo.

Tuerzo el gesto hacia Sly.

—¿De qué está hablando?

—Quiere verte en ropa interior para calcular tu proporción de músculo y grasa.

—Olvídalo.

Eric mira a Sly y Arnold en busca de apoyo y, al no encontrarlo, suspira con frustración exagerada.

—No podéis esperar que acepte este encargo y trabaje con quienquiera que haya bajo todo eso. —Eric señala con el dedo hacia mí y mis ropas holgadas.

—Eso es exactamente lo que esperamos —le contestan.

Eric camina de un lado a otro durante un buen rato antes de rendirse.

—De acuerdo, de acuerdo. Pero esto es un favor especial porque, como sabéis, fortalecer carnes anchas no es mi línea de trabajo.

Esta afirmación me hace sentir como una pieza de ternera, que es una carne que ni siquiera como por solidaridad por las condiciones de confinamiento de los bebés vaquita. Y, ¿sabes qué?, desde que llegamos aquí nadie me ha preguntado mi opinión. ¿Ha pensado alguien que tal vez yo no quiera entrenar con pesas? Me planteo señalárselo a ellos. Pero tanto Sly como Arnold han sido increíblemente cariñosos conmigo y en realidad quiero encajar y ser una de ellos, así que me quedo callada. Mientras tanto, Sly ha sacado una libreta.

—Entonces, ¿con qué quieres que empiece Molly?

Eric empieza a hablar de suplementos de cromo y algas pardas laminariales, polvo de aminoácidos de cadena ramificada y aceleradores anabólicos. Cuando termina la letanía de productos químicos, Eric se acerca a mí de unas zancadas y, subiendo la manga corta de mi camiseta, da un pellizco a mi casi inexistente bíceps derecho.

—Si quisiera podría convertirte en una obra de arte —dice con un extraño tono de voz y, mientras me separo de él, pienso que hay algo que no marcha bien en Eric el Perverso.

Cuando por fin regresamos a la finca, Sly, Arnold y yo consumimos el resto del día con una cena a la luz de las velas junto a la piscina, seguida de una partida de cartas en el ala de ocio de la mansión. Nos gustaría tener a un cuarto jugador, pero los chicos solo aceptarían a Bruce Willis, y está fuera de la ciudad.

Antes de darme cuenta, se ha hecho tarde y estoy de vuelta en mi casa de invitados. El reloj de bronce ormolú señala las once de la noche, pero estoy tan llena de excitación que me pregunto cómo voy a dormirme. No hago más que revivir los acontecimientos del día como una película que se rebobina. Sí, les gusto. Sí, les gusta mi historia. E incluso quieren que entrene levantando pesas. Por algún motivo, esto último parece ser el mayor cumplido.

Mientras miro fijamente el pequeño reloj, caigo en la cuenta de que en Bangor, Maine, ahora son las ocho, la hora perfecta para llamar a casa... si fuera lo suficientemente estúpida como para hacer tal cosa. Hay un teléfono sobre el escritorio. Lo miro... y entonces descuelgo. Y, cuando mi mano toca el teléfono, ocurre la cosa más extraña del mundo. Puedo ver a Dash. ¡Lo puedo ver de verdad! Está en la sala de juegos jugando a las cartas con Mitch y otros dos padres del hockey, Don Kirnan y Paul Maglione. La visión es tan nítida como si estuviera allí. Esto me asombra tanto que involuntariamente doy un pequeño salto, provocando que mi mano suelte el teléfono.

Cuando mi mano abandona el teléfono, la visión desaparece, así que vuelvo a poner la mano sobre el auricular. De nuevo veo a Dash jugando a las cartas y bebiendo cerveza con sus amigos. Tienen el gran televisor de 48 pulgadas sintonizado en un partido de hockey. Y a través del muro acristalado hasta la mitad de la sala de juegos veo a todos los niños patinando en la pista cubierta que Dash construyó en nuestro patio trasero.

Decido que debo de estar teniendo algún tipo de alucinación debido a mi contacto físico con Mary Pat Johannsen la noche anterior. Cualquiera que sea la razón, mantengo la mano sobre el teléfono porque quiero ver qué ocurre.

Paul se levanta de la mesa de cartas, camina hasta el cristal y mira hacia el hielo.

—¡Vaya ola de frío! ¿Qué temperatura crees que hace ahí fuera, Dash?

—No lo sé. —Dash no levanta la vista de sus cartas.

Paul se muerde el labio inferior.

—No puedo volver a llevar a Jeremy a casa con síntomas de congelación.

—Claro, a las mamás no les gusta cuando las caras de sus niñitos son de tres colores distintos —añade Don.

—Yo digo que es hora de otra ronda. —Dash se levanta y va a la nevera.

Mitchell lo sigue.

—¿Qué hace realmente tu madre aquí? —pregunta, hablando en voz baja para que los demás no lo oigan.

Dash se encoge de hombros.

—Le gusta venir de vez en cuando. Le gusta limpiar y planchar. Toda esa mierda.

—Entonces, ¿dónde está Molly?

—Ya te lo dije. Se fue a un pequeño viaje de compras.

Mitch sacude la cabeza.

—Se lo conté a Barb. No se lo tragó. Me dijo que Molly nunca se iría a un gran viaje de compras sin ella. Cree que mataste a Molly. No hace más que mirar por la ventana de la cocina para vigilar tu jardín. Cree que una noche vas a salir y enterrarla.

Dash parece verdaderamente molesto.

—¿Cómo la iba a enterrar en el jardín trasero? La tierra todavía está congelada.

—Eso mismo le dije a Barb. Pero sigue fastidiándome. Tengo que decirle algo distinto muy pronto o causará problemas.

—Vaya, Mitch, solo porque tu esposa lleve puestos tus pantalones, ¿eso significa que yo no pueda vivir en paz aquí?

—¿Hubo una pelea? ¿Puedo decirle eso? Tal vez se lo crea y me deje en paz.

—Mitch, si le dices eso, se lo contará a toda la maldita gente con la que se encuentre. La historia oficial es que Molly se fue de compras. Espero que, como amigo mío, te atengas a la versión oficial.

—De acuerdo, de acuerdo. —Mitch le quita el tapón a una Coors y echa un vistazo a su alrededor. —¿Cómo van las cosas por aquí con los cuatro niños y tu madre en casa?

Dash le dedica una mirada desagradable.

—Es fantástico.

Mitch lleva media docena de Coors frías a la mesa de cartas, y Paul y Don abandonan el ventanal y se encaminan hacia las cervezas.

—¿No te parece que los chicos ya han tenido suficiente? —pregunta Don.

—No conseguirán entrar en la NHL si tienen miedo del frío —contesta Dash—. Vamos a jugar al póker.

En realidad no entiendo cómo puedo ver directamente el interior de mi casa. ¿Es telepatía o percepción extrasensorial? ¿La información viaja a través del aire o por los cables telefónicos? Ni lo sé ni me importa. Lo estoy pasando demasiado bien. Decido añadir más diversión marcando el número de mi casa.

La madre de Dash contesta. Está de pie en la cocina, preparando salsa casera para espaguetis.

—*Alló*, residencia Denton. —La madre de Dash siempre hace esa cosa francesa tan falsa. Lo odio. No entiendo por qué casarse con un francocanadiense debería provocar un acento francés en una italiana.

—Hola. ¿Está Dash en casa?

—*Molleee chérie*, ¿cómo estás?

Murmuro algo apropiado. De todas formas, nadie escucha de verdad cómo respondes a esa pregunta.

—Dash está muy ocupado, pero voy a buscarlo. —Mi suegra se lo toma todo con gran deportividad. Observo cómo regresa a la parte trasera de la casa y llama—: Dash, tienes una llamada telefónica.

—Estoy jugando a las cartas —responde bruscamente Dash.

Maria regresa lentamente al teléfono de la cocina.

—No puede ponerse al teléfono en este momento —me responde con dulzura.

—Dile que soy yo.

—Ya lo hice, querida.

—No, no lo hiciste. Regresa al salón y dile que estoy al teléfono. —Maria pone una cara rara, pero lo hace.

Dash se levanta rápidamente y se apresura por las escaleras.

—Contestaré en el dormitorio —le dice a su madre. Sube corriendo las escaleras. Se dirige al teléfono, pero entonces se detiene por un instante. Toma aliento una o dos veces y se recompone. Se sienta lentamente sobre la cama. Levanta despacio el auricular—. ¿Sí? —dice con frialdad.

Capítulo dieciséis

—Hola, Dash.

—¿Quién es? —pregunta con exigencia, como si no lo supiera.Suena como si le faltara el aliento—.¿Dónde diablos estás, Molly?

—¿Prometes no enfadarte?

Dash estrella el puño contra la pared, hace una mueca y después vuelve a colocarse el auricular contra la oreja.

—¿Qué se supone que debo decirles a nuestros hijos, Molly?

—Diles lo que quieras. Por si no lo sabes, yo no planeé todo esto. Fue más bien la euforia del momento.

—Ah, bien, supongo que eso lo justifica todo. ¿Y dónde diablos estás?

—¿Estás tranquilo, Dash?

—Por supuesto que estoy tranquilo.

Es muy divertido ver a Dash hervir de furia. Respiro profundamente y me concentro en disfrutar de verdad del momento.

—Estoy pasando la noche en casa de Sylvester Stallone.

Dash suspira. Entonces se cubre la frente con la mano, como si se estuviera protegiendo de un calor abrasador.

—Molly, si te has metido en problemas o te has enganchado a las drogas o algo así, dilo. Te ayudaré. —Es tan desternillante que tengo que reírme. Por desgracia, eso le pone furioso—. Si tienes algo que decirme, será mejor que lo hagas rápido, porque voy a colgar —gruñe.

—Estoy alojada en la casa de invitados de la finca Stallone en Beverly Hills, California... de negocios. Simplemente pensé en llamarte para que no pensaras que me habían secuestrado o algo por el estilo.

—Eso es lo que quieres decirme. Me estás diciendo quede verdad vas a continuar con este... —busca la palabra adecuada— insulto.

—Venga, Dash, es la oportunidad de mi vida.

—De acuerdo. No sé de qué estás hablando o por qué lo has hecho, pero todo tiene un precio y vas a pagar por esto, Molly... a lo grande. Ah, y apropósito, perdiste tu trabajo de profesora.

Dash me cuelga el teléfono de verdad. Le veo respirar profundamente varias veces para tranquilizarse antes de salir del dormitorio y bajar las escaleras.

Su madre está en la cocina removiendo la salsa.

—Entonces, ¿yase ha cansado Molly de comprar ropa? Sonaba un poco gruñona.

Dash aprieta y relaja los puños.

—Está genial. Todo es genial.

Después de la visión me siento... muy relajada, como si me hubiera dado un buen baño en una bañera caliente. Me quedo dormida fácilmente y duermo tan bien que no me despierto en casi dos días. *Jet-lag*... ¿Quién sabe? Pero cuando Lips finalmente me despierta, los chicos ya están preparados para otra aventura. Y pasamos la noche de club en club por todos los locales nocturnos de moda propiedad de los famosos amigos de Sly y Arnold.

El bar Monkey de Jack Nicholson está decorado como una jungla africana. Grease es un local de los cincuenta con imitadores de motoristas chic, empollones y Oliva Newton. OUT está repleto de *drag queens*, anillos en la nariz y muchos más piercings en otras partes del cuerpo. Hay un lugar llamado Siamese donde no puedes entrar a no ser que estés unido a tu pareja como gemelos siameses. Pero no nos quedamos demasiado tiempo allí porque a Sly y a mí no nos gusta la forma en que el portero nos ha unido los tobillos con cinta americana.

Hacia la mitad de la noche me doy cuenta de que he perdido completamente la capacidad de sorprenderme con la humanidad de cualquier forma o condición. También he empezado a sentirme muy cómoda con lo falso: mazmorras falsas, motocicletas falsas, harenes falsos, carnicerías falsas, corrales falsos, oasis falsos.

También noto otra cosa: saltan algunas chispas entre Sly y yo. Ha habido una cierta cantidad de contacto visual prolongado. Estoy segura de que empezó él, pero debo admitir que yo también he puesto de mi parte. Hemos estado bailando, y la conciencia plena del cuerpo del otro aumenta tanto durante el baile que, como dicen en las novelas románticas, no solo me mira a mí, miraTODO mi ser. Intento controlar la tensión sexual y permanecer dentro del contexto de nuestra relación, lo que quiere decir que, cuando la banda deja de tocar y Sly y yo estamos pegados el uno al otro, completamente sudorosos sobre la pista de baile (Arnold nos ha abandonado para regresar a su casa con Maria), intento enfriar la situación hablando de mi historia de la detective amazona.

—No es solo la premisa lo que tiene que ser realmente bueno, Sly —le digo—. También debe serlo la resolución del caso.

Me dedica una mirada con la que parece que vaya a untarme de crema y comerme entera. Pero yo soy la mujer y es trabajo mío mantener esto bajo control, así que me esfuerzo por continuar con la conversación.

—El caso me vino en un sueño. Se desarrolla así: Marga, nuestra detective, es contratada por el gobernador de Galatia para que encuentre a su esposa desaparecida, Valentina Vesuvia.

Sly repite el nombre Va-len-ti-na Ve-su-via mientras dibuja un patrón con un movimiento ascendente sobre la piel desnuda de mi brazo. Jesús, esto sí que me distrae.

—¿De qué estaba hablando? —Sly se acerca más a mí y puedo oler su colonia de Versace. Me toma del brazo—. Salgamos de aquí.

Estoy completamente de acuerdo. De camino a casa, en la parte trasera de la limusina, charlamos sobre temas sin importancia, peromientras tanto pienso en cómo voy a manejar la situación. Decido que yono voy a dar el primer paso bajo ninguna circunstancia. Sin embargo, si Sly está locamente enamorado de mí o algo por el estilo, entonces se me permite una pequeña aventura, ¿no? Después de todo, soy una mujer separada de un marido que ha sido cruel e inhumano.

Cuando llegamos a la mansión, Sylvester me conduce al enorme salón con piso de mármol donde están las palmeras gigantes. Desaparece detrás de la barra.

—¿Quieres algo de beber?

—Sorpréndeme —respondo despreocupadamente, y mientras me desplazo hacia el gran ventanal panorámicopara contemplar el reflejo de la luna sobre la piscina exterior y él agita algo fresco y burbujeante. Noto que Sly no llama a ninguno de sus criados, con la intención obvia de proteger nuestra intimidad. Cuando me da la bebida, me mira fijamente con sus ojos oscuros y me quedo paralizada. Siento el mismo ligero temblor que siempre me invade en la cúspide de una montaña rusa.

—¿Sabes, Molly? —me dice—. Soy la clase de hombre al que le gusta vagar. —Se acerca más a mí—. Me gustan los cambios, me gusta conocer gente nueva.

—Pero eres leal a Gianni Versace —murmuro.

—Eso es cierto.

—Me parece que un hombre que puede apegarse al mismo diseñador muestra un gran potencial en el departamento de Lealtad.

La mirada de su rostro me dice que nunca lo ha pensado así.

—Lo que estoy intentando decir, Molly, es... Me gustas de verdad y quiero que te quedes una temporada. Me gustaría organizarte una oficina aquí para que puedas escribir tu libro y, si alguna vez te atascas o necesitas consejo, me gustaría ayudarte. Pero tienes que entender que en los asuntos creativos y románticos soy un poco... efímero.

—¿Qué quieres decir?

—Bueno, ya sabes, mis intereses cambiarán. Te ayudaré con el libro, pero entonces ocurrirá otra cosa y tendré que seguir adelante.

¡Está tan cerca de mí! Intento recordar si ahora mismo está casado. Había un batiburrillo tremendo de exesposas, novias e hijos en la fiesta de la otra noche.

—¿Qué podría ocurrir?

Sylvester se ríe.

—Bueno, normalmente es algo hermoso, a veces es una obra de arte, otras un contrato para una película y en ocasiones es una mujer. —Sylvester deja su bebida en la barra—. Simplemente es importante que sepas cómo soy.

¡Está tan cerca y huele tan bien! Me rodea con sus brazos y siento que es muy grande, cálido y fuerte, y me gusta mucho la sensación. Levanto la cabeza para que nuestros labios queden a unos centímetros de distancia. Mis ojos se recrean en los suyos y se me olvida respirar... y entonces el cristal que hay a nuestra espalda se rompe en un trillón de añicos.

Capítulo diecisiete

Parece que todo ocurre a cámara lenta. Primero oigo un ruido, después giro la cabeza para ver los diamantes de cristal roto al estrellarse contra el piso de mármol de Sly y más tarde, detrás de la cascada de cristal quebrado, aparece la oscura figura de un hombre que entra tambaleándose en el salón. Es Dash. Luce un traje azul, camisa blanca y corbata conservadora, y está muy enfadado. Eso también me enfada a mí.

Sly se gira para enfrentarse a él, perfectamente equilibrado en una posición clásica de defensa.

—Eso ha sido un error —le dice a Dash mientras retrocede unos pasos hacia el bar, busca algo con la mano y sale con un hacha de tamaño descomunalcon mango de madera.

Tengo que admitirlo: esto me encanta. Es como tener mi propia pantalla de cine interactiva. Por desgracia, nadie más parece disfrutar de la situación. Dash se vuelve hacia mí con una mirada que deja claras sus expectativas de recibir una explicación inmediata. En lugar de eso, hago las presentaciones.

—Sylvester, este es mi esposo Dashiel Denton.

—Molly, corrígeme si me equivoco, pero no recuerdo que hayas dicho nada de un esposo.

—Bueno, ahí me has pillado.

Dash se vuelve hacia mí y se sacude los pedacitos de cristal de su traje. Dios, es un traje precioso... azul oscuro con esa pálida línea blanca que apenas se ve, la clase de traje que solo se puede conseguir en esa tela tan cara. Sé que nunca he visto ese traje en su armario. Sé que lo ha comprado especialmente para esta ocasión y siento un pequeño placer perverso al pensarlo. Dash abre las manos y las agita en el aire, expresando una impotente desesperación muy masculina.

—¿Por qué me haces esto? —pregunta con una voz ahogada por la emoción.

Esto me irrita tremendamente.

—¿Qué te he hecho, Dash?

—Cuatro hijos. Dieciséis años de matrimonio y me has puesto en una posiciónen la que tengo que entrar a la fuerza en la casa de otro hombre para buscarte.

Estoy furiosa por la forma en que Dash lo ha pintado todo a la luz de cómo le afecta a él.

—Esto no es por ti, Dash. En realidad, no tiene casi nada que ver contigo.

Mientras tanto, Sylvester casi parece compadecer a Dash, aunque noto que aún conserva la mano alrededor del mango del hacha. Supongo que ha participado en demasiadas películas de acción para abandonar el arma. Sly frunce el ceño mientras piensa.

—¿Cómo sorteaste a los perros? —pregunta a Dash.

—Desconecté la valla electrificada, abrí la verja y arrojé siete kilos de solomillo a la calle.

—¿Y el sistema de alarma?

—Desconectado —le dice Dash a Sly, y después se vuelve hacia mí y monta un espectáculo frotándose las sienes como si sintiera un gran dolor—. ¿No sabes que da igual a dónde vayas, porque te encontraré?

—Dash, te dije donde estaba. ¿Recuerdas la llamada telefónica?

Lo más molesto de todo este incidente totalmente obstaculizador es que Sylvester está escuchando a Dash con gran simpatía durante el escenón falso del esposo traicionado que interpreta Dash, y llega un momento en que Sly comienza a bajar el mango del hacha hacia el piso. Me fastidia intensamente que Dash pueda atraer la atención de Sly incluso mínimamente.

—Dash, estoy aquí por motivos profesionales. Estoy trabajando en un proyecto con Sylvester. No sucede nada más.

Sly asiente.

—Es cierto. Estoy ayudándola con una idea para una historia.

—Venga, no me fastidies —dice Dash en voz baja y quebrada.

Ahora sé que todo esto son pamplinas, pero Sylvester parece pensar que Dash está realmente dolido ante la perspectiva de perderme. Deberían darle un Oscar por su actuación.

Sylvester se apresura a explicarle a mi marido lo talentosa que soy, sin darse cuenta, por supuesto, que Dash ya ha leído a mi heroína, *Margaret White, I. P.*, mientras buscaba calcetines limpios en el cuarto de la colada. Dash escucha a Sly aparentando interés y asintiendo de vez en cuando. Pero para mí ya es suficiente.

—Creo que es hora de que te vayas —le digo a Dash, y él me mira, suspira profundamente y finge estar sufriendo. Debo admitir que tiene un aspecto bastante atractivo enfundado en su traje de banquero, pero entonces me recuerdo a mí misma que Dash siempre ha tenido buen aspecto. Su apariencia nunca fue el problema, el problema era su comportamiento.

—Me iré si tú quieres que me vaya, Molly, pero antes tengo algo para ti.

Dash atraviesa la sala de estar palaciega de Sly hasta llegar a las enormes puertas de caoba y teca, abre una de ellas y sale durante unos minutos. Dash Júnior, Bobby, Wayne y Dart entran cargados con maletas, bolsas de deporte y *sticks* de hockey. Se abalanzan sobre mí como una camada de cachorros: me abrazan, me besan y prácticamente saltan encima de mí. Estrechan lamano de Sylvester, dejan caer las maletas y el equipo deportivo y comienzan a mirar a su alrededor.

En medio de todo esto, Dash se marcha.

Cuando me despierto, Sylvester ya está nadando en la piscina. Desde mi ventana veo sus bíceps bronceados reluciendo al sol. Tengo que admitir que estoy un poco preocupada por lo de anoche. Tal vez ahora que me he convertido en una familia de cinco miembros ya no sea tan bienvenida en Casa Stallone.

Encuentro un par de tijeras y me concentro seriamente en el trabajo de cortar mis *jeans* negros, me ato la camiseta con un nudo bajo el diafragma y estudio mi reflejo en los grandes espejos de suelo a techo. Me veo pequeña, casi frágil... una mujercita con el cabello desaliñado. Pero me calzo mis botas de *cowboy* y salgo pensando: «Bien, si me echa de aquí, me echa y ya está».

Me acomodo sobre los cojines de cretona inglesa, estudio las gradaciones de color de las orquídeas y evalúo la técnica natatoria de Sylvester. Pasado un tiempo, Sly sale de la piscina y camina con paso decidido, goteando sobre el patio embaldosado con mosaicos italianos. Mueve su hamaca a la posición óptima de soleamiento y se acomoda. Pero, antes de cerrar los ojos para dedicarse seriamente a tomar el sol, me lanza una de esas miradas espiritualmente íntimas que las personas que nos rodeaban anoche habían comenzado a confundir con el amor. Entonces, ambos citamos simultáneamente y por casualidad a Jimmy Buffet: «Es solo otro día de mierda en el Paraíso». Suspiro porque sé que todo va a ir bien.

Sin embargo, sí tengo que darle una pequeña explicación, así que le cuento a Sly que en realidad nunca abandoné a mi familia, que simplemente me tomé unos días sabáticos para establecer el ambiente creativo necesario para escribir mi libro. Siento que es importante explicar esto porque Sly es italiano, y los italianos son muy obsesos de la familia.

—Anoche tuve algunas ideas —añado.

—Eso me gusta, Molly. —Sylvester vuelve la cabeza hacia el sol—. Trabaja para resolver esos problemas personales. Eso es lo que hago yo también. Bueno... combinado con un poco de diversión.

Sin que se dé cuenta, contemplo sus músculos de bronce. Las chispas que saltaron anoche obviamente fueron producto de una locura transitoria. Seguro que debe tener esposa o al menos una novia que ronda por aquí cerca. En cuanto a mí, solo me interesa mi trabajo.

—Decidí que nuestra detective Marga, contratada por el gobierno de Galatia, descubre que la esposa huida, Valentina Vesuvia, se ha convertido en una exitosa comerciante de materias primas en el mercado de granos de Roma. Esto deja a Marga con un dilema ético que implica tomar decisiones de vida o muerte. —Miro la cara de Sly buscando alguna señal de interés—. ¿Debería Marga revelarle a su cliente, el gobernador de Galatia, el paradero de su esposa Valentina, ya que es su obligación hacia su cliente,aunque esto podría suponer la pena de muerte para Valentina gracias al poder absoluto del monarca patriarcal? ¿O se rige Marga por un código legal más elevado y se niega a desvelar nada?

—Bueno, eso no tiene vuelta de hoja. El Código del Guerrero, que es la base para todas las películas de acción que se han rodado, requiere que Marga diga «no» al gobernador.

—Correcto, así que el gobernador se enfurece y ordena a sus hombres que maten a Marga. Naturalmente, Marga cambia las tornas y ejecuta a los esbirros. Después tiene que huir para salvar su vida, lo cual, por supuesto, la convierte en una fugitiva.

—Lo que está muy bien para una secuela —señala Sly.

—Lo único que no tengo claro es el compañero. Todos los detectives necesitan un compañero.

—¿Qué te parece un gladiadorretirado del Coliseo?

—Vaya, me gusta —asiento. Veo en sus ojos que está intrigado.

—¿Sabes, Molly? —duda—. Tengo tanto espacio en esta finca que se puede quedar toda tu familia. Los chicos se pueden alojar en la segunda casa de invitados, y además te prepararé una oficina en la casa de invitados número tres... y entonces podremos trabajar.

—Oh Sly, gracias. Nada cambiará, te lo prometo.

En este momento, un *puck* de hockey pasa silbando por encima de la cabeza de Sly a menos de tres centímetros de su nariz. Valientemente, Sly se niega a estremecerse, o tal vez la velocidad era tal que no tuvo tiempo de reaccionar. Por la velocidad del *puck* reconozco el tiro más potente del hockey: el *slap shot*, que alcanza velocidades máximas de unos 180 kilómetros por hora. Estoy segura de que su cercanía a la cabeza de Sylvester fue solo un error.

Pero a continuación oigo el sonido que me ha atemorizado durante años: un feroz sonido siberiano, el tipo de sonido que se no debería oír nunca en un clima templado, ni en Hawái, ni en las Bermudas ni ciertamente en Beverly Hills. Es el sonido del hockey callejero. Mis cuatro hijos, riendo, gritando, tirando, empujando, tropezándose, gruñendo, corriendo y chillando, se abren paso hacia el mosaico de baldosas que rodea la piscina. No advierten nuestra presencia. Nos engullen.

Aunque estamos en peligro, defendemos nuestra posición. Tenemos que hacerlo porque, si nos movemos, habrán ganado. Y, si ganan hoy, mañana la mansión, las casas de invitados, el área de la piscina y todo el complejo les pertenecerá.

El *puck* por el que se están peleando mis hijos vuela al fondo de la piscina. Mi esperanza es que esto proporcione un interludio de tranquilidad durante el cual Sylvester y yo podamos hacer una salida segura. Pero mi prole salta a la piscina completamente vestidos y con los *sticks* de hockey agitándose peligrosamente cerca de sus cráneos y sus aparatos dentales, mientras Dart grita como una *banshee* escocesa: «¡¡¡¡Hockey acuático!!!!». Después del periodo de tiempo necesario para que comprendan que el agua ejerce una fuerza de resistencia adicional contra ellos, salen arrastrándose de la piscina y nos rodean, goteando profusamente sobre Sly,sobre mí, sobre nuestros libros, sobre nuestros papeles y sobre nuestro jugo de naranja servido en esas preciosas copas Waterford.

Dart arranca conmigo.

—Eh, mamá, ¿qué hay para desayunar? Me muero de hambre.

Después toma el relevo Dash Júnior, el abogado de la familia.

—¿Qué vamos a hacer aquí? Quiero decir que no nos podemos pasar todo el día nadando.

Wayne y Bobby permanecen en silencio. Pueden permitirse quedarse callados con un hermano capaz de convertir una sencilla conversación en una competición de falsos tribunales de justicia. Además, se tienen el uno al otro para pegarse entre las orquídeas inglesas. Frunzo el ceño a la cuadrilla e intento sonar autoritaria.

—¿Alguien ha traído los libros de la escuela?

—Papá nos dijo que los trajéramos, pero los abandonamos en Chicago. —Dart se ofrece voluntario para explicarlo con orgullo.

Júnior vuelve a atacarme.

—¿Cuál es el nivel competitivo de los equipos de hockey por aquí? O sea, ¿qué porcentaje tienen una clasificación AAA? Apuesto a que ninguno. —Al ser el mayor y el más cercano a mí emocionalmente, a Dash Júnior no le gusta que me pierda ninguno de sus miles de pensamientos y emociones, especialmente los negativos. Lo recuerdo de mi antigua vida, que he categorizado como a. C. (antes de California). Gracias a Dios, Snake aparece con una caja de tetrabriks de jugos de frutas que mis hijos acaban de un trago. Sonrío débilmente a Sylvester, que me da una palmadita compasiva en el hombro.

Cuando el proceso de beber comienza a ir más lento, Sylvester se dirige a la cuadrilla usando su voz grave, ronca y amenazadora de John Rambo.

—De acuerdo, chicos, las cosas van así: Snake los va a mantener ocupados hoy mientras mamá trabaja. Obedecerán a Snake en todo. Si hacen todo lo que se supone que deben hacer, les presentaré a Wayne Gretsky.

Creo que probablemente esta sea la única vez en que mis cuatro hijos se han estado quietos a la vez.

—¿Conoces a Gretsky? —rechina finalmente Dart.

—Por supuesto —le contesta Sly—. Snake, llévalos a la pradera sur durante un rato para que Molly y yo podamos terminar de hablar —dice Sly, teniendo cuidado de sacar el máximo partido a su ventaja.

Los niños se levantan en silencio y evalúan a Snake, sopesando su altura, que está alrededor de los dos metros, estudiando sus hombros y admirando sus tatuajes. En conjunto parecen bastante contentos con su niñera. Cuando se han alejado lo suficiente para que Dart crea que se puede arriesgar, el niño se vuelve y grita contento:

—¡Gracias, señor Stallone! ¡Este tipo va a ser un portero genial!

Con esta clase de guardería infantil creo que sí seré capaz de trabajar. Sin embargo, Lips me encuentra y me recuerda que tengo una cita con Eric el Perverso.

Sly ha tenido el detalle de ofrecerme el gimnasio personal de su casa como lugar de entrenamiento. Mientras recorro el largo pasillo adornado con cuadros de Picasso auténticos, Van Gogh auténticos y Bruegel auténticos, me doy cuenta de que ya he estado en casi toda la casa de Sly, pero nunca había entrado en susantuario más íntimo... el gimnasio.

Cuando empujo la puerta de caoba tallada para abrirla y pasar, me alegro de ver que Eric no ha llegado todavía, porque me da unos instantes para ubicarme. El gimnasio es muy luminoso,con todas las paredes recubiertas de espejos. Sobre las lujosas alfombras orientales rojas descansan muchas clases distintas de equipo de entrenamiento con pesas, además de cinturones de lastre y pequeñas cestas con tiza. Hay varias esculturas de cuerpos hermosos, la mayoría torsos.

En cualquier caso, es un lugar que te hace sentir humildad. Y apenas tengo tiempo para controlar el factor intimidador cuando Eric el Perverso entra por la puerta vistiendo pantalones cortos con estampado de cebra y una de esas camisetas de gimnasio con enormes agujeros para los brazos. A pesar de suridículo conjunto de levantador de pesas, está increíblemente guapo, igual que la última vez que nos vimos. Trae cajas de suplementos vitamínicos y grandes cilindros de esa cosa de aminoácidos ramificados de soja. También ha traído un póster grande que procede a desenrollar.

—Bueno, ya sabes que no estoy precisamente encantado de tallar y esculpir el cuerpo femenino... —Asiento con la cabeza, porque me parece que lo dejó perfectamente claro en nuestro encuentro anterior— ...pero he estado dándole vueltas a mi postura e investigando un poco, y he decidido que Rachel... —Llegado a este punto, desenrolla una fotografía de un posado a tamaño real de la antigua Ms. Olympia, Rachel McLish. Saca un rollo de cinta adhesiva del bolsillo y procede a pegar el póster sobre uno de los espejos. Me pregunto si Sly va a permitir esta intrusión en sus dominios personales, pero a Eric no le preocupa en absoluto. Da un paso hacia atrás y admira la silueta femenina gigante y musculada.

—Rachel McLish —me dice Eric solemnemente— es casi perfecta.

Aunque en realidad nunca me ha gustado el aspecto de las culturistas, tengo que admitir que Rachel parece bastante hinchada con el minúsculo bikini plateado de la pose.

Por supuesto que sé que nunca me pareceré a eso, porque sé que mi cuerpo de cuarenta años se resistirá a todos los esfuerzos de Eric por remodelarlo para que adopte una silueta diferente. Uno de los motivos por los que acepté este entrenamiento con pesas es que sé que a mi cuerpo no le sucederá nada, a excepción de una tonificación de los músculos existentes... muy ligera.

Por supuesto, Eric, el experto en la estética de las proporciones musculares, todavía no lo ha comprendido. Lo sé porque me dice:

—Rachel es casi perfecta. A ti puedo hacerte absolutamente perfecta.

Me reiría, pero la intensidad que se refleja en sus ojos y la urgencia de su voz me lo impiden.

Capítulo dieciocho

No me lleva mucho tiempo aclimatarme a mi lujoso entorno en Casa Stallone, y los días empiezan a deslizarse uno tras otro. Antes de que el cielo de L.A. empiece a brillar sobre las aguas cloradas de la piscina y oiga el runrún de las palmeras, Arnold me telefonea.

—¡Despierta! ¡No malgastes tu vida durmiendo! —me grita germánicamente entusiasmado por el teléfono. Está desarrollando un hábito muy irritante de hacer esto a las 5:30 en punto todas las mañanas. Sin embargo, he aceptado su excentricidad y normalmente a continuación de su llamada para despertarme comienzo una sesión de escritura en mi gran oficina de la Casa de Invitados n.º 3, donde tengo mi computadora IBM gigante, fax/modem, una biblioteca de investigación en CD-ROM, cafetera, nevera, trituradora de papel y caja fuerte en la pared (Sly me ha dado instrucciones precisas de guardar bajo llave todas mis páginas y discos extraíbles todas las noches, porque por aquí nunca se puede ser demasiado precavido).

Más tarde, junto a la piscina, Sly (concentrándose en eso de ser mi mentor) me enseña el Código del Guerrero. Me enseña que todas las películas de acción y sagas heroicas deben dramatizar el código, lo que significa que deben abrir con el guerrero de acción completamente solo y cerrar con el guerrero de acción victorioso y exultante, pero todavía emocionalmente aislado del tejido social. Y que da igual qué tramas secundarias entreteja con mi historia, la línea de acción de mi heroína Marga debe dominar siempre sobre los demás elementos de la historia.

Esta mañana observo a Sly mientras lee mi último pasaje descriptivo. Es cierto que estoy bastante orgullosa de este segmento de tres páginas sobre la nutrición del ciudadano medio de Roma. Pero a Sly no le emociona demasiado. Cuando acaba de leer, me mira, me paraliza con sus grandes ojos castaños y pregunta:

—Dios, Molly, ¿cuándo va a ocurrir algo aquí?

Naturalmente, me deshago del pasaje inmediatamente.

Cuando Sylvester se pone de pie, el brillante sol de la mañana dibuja a contraluz el contorno de su musculoso cuerpo, creando el efecto prismático multicolor de un aura. Supongo que podría estar imaginándomelo, pero a mí me parece perfectamente real.

Después de nuestra charla matutina, entreno con las pesas a las órdenes de Eric y, a continuación, saco tiempo para una sesión de aerobic en el jardín sur, porque Mary Pat Johannsen está allí y quiero tener otra oportunidad de tocarla para mantener viva la magia telepática. Así que hago los ejercicios de aerobic justo al lado de Mary Pat y, fingiendo un esguince en el tobillo, me caigo sobre ella.

A continuación del ejercicio, recupero a mis hijos de la cocina, que es donde toman el desayuno. Yo ya no desayuno, no desde que Eric reestructuró mis necesidades nutricionales. Ahora tomo un montón de píldoras, bebo batidos de color verde pino y mastico cosas crujientes que saben a palomitas de maíz petrificadas. Pero claro, pienso en el chocolate a todas horas. Llevo a los niños hasta Monovolumen Victor, a quien saludo todos los días con un paño y un abrillantado. Para mí, abrillantar una pequeña parte de Victor es un ritual matutino. Grande, seguro y fiable, Victor atravesó todo el país por mí, y yo no olvido a los amigos. Ni que decir tiene que tuve que poner a Sly en antecedentes sobre Victor. Le conté que compré a Victor en una venta de vehículos usados BATF. Al principio me preocupó que los guardaespaldas se burlaran de mí, pero, cuando descubrí que su memoria era tan corta como su capacidad de concentración, supe que todo iría bien.

Cuando los chicos acaban el desayuno, pongo en marcha a Victor y llevo a los niños a la academia Pacific Heights, una escuela privada excelente que nos encontró Sylvester. La academia es pequeña y exclusiva, tiene desde primero de primaria hasta el último año del instituto y se enorgullece de contar con varios equipos de hockey. Por el camino, mis hijos me relatan sus preocupaciones más acuciantes.

—Necesitamos protecciones de aire para las muñecas y veintitrés casitas de plástico para hámster, tubos y tapones de plástico. —me dice Dart—. Los hámsteres se han quedado sin espacio para vivir y vamos a ampliar su hábitat.

—Pero si solo son cinco.

—Ya no —dice Dart con orgullo.

Me planteo solicitar el dato de la población total actual de hámsteres, pero cambio de opinión. En esta ciudad nueva y sin amigos, los chicos no han tenido mucho que hacer y han llenado el tiempo con interminables viajes a la tienda de mascotas de Wilshire para comprar más hámsteres. ¿Quién habría pensado que hay tantas variedades, desde los que parecen ositos de peluche a los que no tienen pelo, de los Chinchilla a los chinos? Pero esta colección de roedores los mantiene ocupados, así que me río con la risa de Donna Reed y prometo llevarlos a comprar suministros de construcción de casas para hámster después de la escuela.

Cuando por fin me veo libre de mi progenie, me acomodo de nuevo en mi oficina con todos mis componentes de alta tecnología (además de todo lo que me ha facilitado Sly, también hicegestiones para tener conexión a Internet y una línea especial de teléfono T-1 para poder investigar grandes cantidades de documentos y materiales históricos). Después de un día muy largo de trabajo, acumulo unas respetables veinte páginas y, mientras estoy sentada, mareada y satisfecha delante de la computadora, tengo una visión. Tiene que ser una visión Mary Pat Johannsen (VMPJ) porque en la pantalla de mi computadora en L.A. lo que veo es mi casa de Maine. Más concretamente, veo el cuarto de la colada de mi casa, que es donde siempre he tenido mi computadora. Y la vista que tengo es lo que vería si estuviera en la posición exacta de la computadora, lo que me conduce a creer que estoy mirando a través de la pantalla, el gran ojo azul de la computadora.

Me pregunto cómo puedo mirar la pantalla de una computadora en Beverly Hills y ver mi casa en Bangor, Maine. Esto desafía toda la lógica y las leyes de la naturaleza. Por otro lado, me ofrece información nueva. Advierto que la puerta del cuarto de la colada está abierta y puedo ver la sala de juegos.

Dash y su mejor amigo y vecino Mitchell Richmond están sentados a la mesa de póker. Delante de ellos hay varias botellas vacías de Coors.

Afortunadamente, el volumen es lo suficientemente alto como para que pueda oír a Mitch decirle a Dash:

—No puedo creer que lo hicieras.

Dash estira la barbilla.

—Tenía que hacerse.

—Pero ¿por qué no hablaste antes conmigo? Se supone que tienes que consultarme siempre antes de dar un paso. —Mitch ha sido el abogado de la empresa de construcción de Dash durante muchos años y Dash ha desarrollado el hábito de revisar todas sus decisiones con él.

—¿Para qué?

—Bueno, odio darte esta noticia, pero no ha sido la jugada más inteligente del mundo.

Dash se encoge de hombros.

—¿Y qué?

—¿No comprendes que acabas de cederle la custodia?

—Fue más bien algo improvisado.

—¿No habías planeado hacerlo?

—Bueno... no exactamente.

—Entonces, ¿por qué fuiste? ¿Intentabas recuperarla?

Deduzco por la mirada herida que aparece en los ojos de Dash que Mitch ha dado en el clavo. Pero Dash aparta la vista y tuerce el labio inferior en una mueca desdeñosa.

—Mitch, todo lo que hago está calculado para proporcionarme ventaja. El nombre del juego en este asunto no es custodia.

—Ya, claro, ¿cómo se llama el juego?

—Se llama: «Quién queda por encima».

Mitch se quita las gafas y las limpia con el bajo de su camisa.

—Mira, ¿por qué no dejas que me encargue yo por ti?

—Sé exactamente lo que estoy haciendo —insiste Dash—. ¿Cuánto tiempo crees que va a aguantar Molly en L.A. con los cuatro niños? No hay equipos decentes de hockey en el sur de California.

—Entonces, ¿crees que volverá pronto?

—Por supuesto.

—Bien, no es como lo habría manejado yo, pero debo decirte que admiro tu compostura. Estás tranquilo como un muerto, ya veo.

—Esto es una crisis. Tengo que estar tranquilo.

—Claro.

—Volverá... Iba perdiendo en el primer tiempo, pero estoy remontando en el segundo tiempo. Tengo todo a mi favor.

—De acuerdo.

—Mitch, siento que todas las fuerzas de la naturaleza humana están de mi lado. —Dash aprieta los puños para aumentar el énfasis. La pantalla se desvanece para dar paso a ese bonito azul caribeño y comprendo que he tenido razón respecto a Dash todo este tiempo.

Para él todo es un juego.

Me quedo rumiando este pensamiento antes de que llegue la hora en la que Sly y yo disfrutamos de otro de nuestros rituales. Como las masas de agua atraen grandes cantidades de iones negativos, un alimento fantástico para los jugos creativos del cerebro adecuado, nos gusta cenar al lado de la piscina. Normalmente, a nuestra cena le seguiría otra sesión de levantamiento de pesas con Eric, que afirma que puedes levantar pesas dos veces al día siempre y cuando trabajes músculos distintos, pero esta noche he cancelado nuestra sesión porque Sly nos ha invitado a los niños y a mí a conocer a unos amigos productores suyos. Lamentablemente, la cancelación ha irritado tanto a Eric que me ha amenazado con fracasar a la hora de alcanzar la perfección si no cumplo todas sus exigencias nutricionales y de levantamiento de pesas en el futuro.

Los niños están tan contentos de tener algo que hacer que corretean alrededor de la limusina como cachorrillos emocionados. Cuando ya estamos todos apretujados en la limusina, Snake nos conduce por el camino de entrada de la casa de Sly hasta atravesar la verja electrónica y dejar atrás las cámaras de seguridad. A continuación conduce los noventa metros que nos separan de la siguiente verja electrónica con cámaras de seguridad montadas a ambos lados. Después de anunciarnos y que alguien nos franquee la entrada, subimos hacia la casa del vecino, mientras a ambos lados del camino los adiestradores de perros están trabajando con los dóberman.

Un mayordomo inglés muy alto nos conduce al interior de la mansión de falso estilo Tudor y nos anuncia a Sam Selig y su esposa Candy. Sam es un hombrecillo con abundante vello corporal que le sobresale por el cuello y las mangas de la camisa. Tiene unos sesenta años, mientras que su esposa Candy, una vivaracha rubia color miel, aparenta más bien unos treinta.

Candy nos guía a una gran sala de proyección donde todos tomamos asiento en los sofás de estilo contemporáneo demasiado mullidos que hay frente a una pantalla gigante de cine. Me imagino que vamos a ver una película, pero la pantalla comienza a elevarse y deja expuesta una pared de cristal a través de la cual se puede ver... y ahogo un grito.

No puedo creer lo que estoy viendo. Al otro lado del cristal, en su propia, prístina y protegida gloria, está mi antigua némesis con aire acondicionado: el hielo. Por la pista circula una gran Zamboni blanca y negra limpiando la superficie. Hay varios chicos completamente equipados esperando a que la Zamboni termine. Me vuelvo hacia Candy.

—¿Son tus hijos?

—Son los hijos de Sam de la esposa número dos —me corrige—. Yo soy la esposa número tres. Mis niñitos están arriba con sus niñeras. —De inmediato, mis hijos comienzan a emitir un gruñido sordo de excitación y descargan numerosas frases ininteligibles en esa jerga *high-tech* nueva e indescifrable que usan todos, y justo en ese momento aparece una figura alta deslizándose sobre el hielo... una figura alta muy familiar. Mis cuatro hijos se quedan totalmente en silencio.

Finalmente, Dart recupera la voz.

—Es Wayne Gretsky... Wayne Gretsky.

Sly sonríe.

—Así es como se hace, Molly. Lo organizas y lo pagas. De eso es de lo que hemos estado hablando todas las mañanas. —Entonces comprendo que mi amigo Sylvester es tal vez la antítesis más absoluta del minimalismo, y que esa podría ser la razón por la que estoy aquí.

Sly ordena a Snake que traiga el equipo de hockey delos niños y después se enzarza en una pequeña charla de hombre a hombre con Sam sobre valores inmobiliarios y el mérito relativo del rottweiler comparado con el dóberman.

Mientras tanto, Candy y yo nos sumergimos en charlas de vecinas. Me invita a tomar café un día, y entonces yo la invito a venir a darse un baño alguna vez. Después se ofrece a darme el nombre de su masajista, su manicura y su aromaterapeuta. También me invita a unirme a ella para su clase diaria de taichí con el maestro Wong, que enseña taichí sobre hieloen cantonés. Candy me explica que el taichí es en realidad una disciplina más interesante sobre el hielo, ya que el tema del equilibrio cambia totalmente.

Sin embargo, lo que realmente me atrae es aprender cantonés, ya que no puedo evitar sentir que mis competencias en idiomas foráneos se han ido deteriorando desde que dejé en Maine a mi profesor de ruso. En cuanto a salir al hielo, bueno, digamos que no me enloquece la idea.

—Ven mañana por la noche —sugiere Candy, pero tengo que responder «tal vez» y explicarle mi horario de escritura. Se estruja su bonito rostro mientras piensa—. Bien, vas a necesitar un buen agente.

—Sly cree que Elliot Stanton.

—De acuerdo, pero también vas a necesitar un buen publicista. Y no uses a Bernie, el tipo de Sly, porque es demasiado conservador. Bernie es bueno para convertir publicidad negativa en publicidad positiva, lo cual está genial si ya eres una celebridad. Pero cuando estás abriéndote camino, necesitas a un publicista hambriento, amoral, casi desesperado, y eso significa... —Mastica un mechón de su pelo teñido de color miel—. McTeague... Sí, McTeague tiene hipertiroidismo y estos son siempre los mejores publicistas. El único problema con McTeague es que opera desde Ivan's, que en realidad es una peluquería. —Cuando ve la mirada de sorpresa en mi cara, sonríe traviesamente—. Pero no te preocupes, es el centro absoluto del universo social y profesional.

Decido que me gusta esta mujer. Parece una anciana bruja sabia envuelta en un cuerpo de piel del sur de California. Y, como parece saberlo todo sobre todo el mundo, le pido consejo sobre mi problema con Wendy Kroy.

—¡Ay, Dios mío! —Abre los ojos como platos—.No debiste hablar de tu historia en público. ¿No sabes cómo son las cosas por aquí? Están tan mal que todo el mundo hace limpieza de micrófonos en su casa, sus oficinas y sus automóviles una vez a la semana.

—¿No es un poco paranoico?

—Más vale que te olvides de esa historia de amazonas y escribas algo distinto.

Tengo en cuenta su consejo, pero se apodera de mí mi confianza literaria natural.

—Wendy Kroy no puede escribir mi historia. —digo con petulancia.

—No —conviene Candy—. Pero puede robarla.

Capítulo diecinueve

Estoy comiendo las palomitas de algas verdes de Eric y trabajando en la primera parte de mi libro, que es cuando la joven Marga es capturada por un grupo de esclavistas. Mi forma habitual de trabajar es decidir primero el tono y la dirección general, después hago los diálogos y más tarde relleno con las descripciones.

Pero esta vez, por algún motivo, me encuentro viendo la historia en imágenes muy precisas. La veo como una serie de viñetas de tonos dorados más que como las historias épicas de Victor Mature en el Coliseo. Veo mucho polvo, pies calzados con sandalias de cuero y multitud de músculos bruñidos en aceite nebulizado para mostrar el sudor. Pero, en lugar del cielo azul brillante de las antiguas películas, veo un oscuro cielo acerado combinado con una amenazadora banda sonora de música electrónica disonante que insinúa la dureza de la vida.

Pensamientos como este me dificultan el trabajo, y estoy haciendo un esfuerzo por formular mi concepto y dirección con todas estas imágenes rebosando en mi cabeza cuando la escena cambia y me encuentro mirando al interior de un local con una barra de bambú y palmeras falsas. Dash y Mitch están bebiendo. Me pregunto qué están haciendo en este sitio con palmeras, y de repente oigo la música melosa de fondo de los Bee Gees y comprendo que están en el Big Pineapple, un garito hortera de la ruta 88.

Esta vez no estoy tocando el teléfono ni lo estoy viendo a través de la pantalla de la computadora. Esta vez la visión me rodea totalmente como una especie de realidad virtual MPJ, y tengo la sensación de que estoy realmente allí cuando Dash se inclina sobre la barra.

—Venga, larguémonos de este antro. —Arrastra las palabras lo suficiente para que adivine que está ebrio.

—Pero no se ha acabado la actuación. —Mitch parece nervioso. Tal vez teme que Barb lo descubra. A Barb no le gusta que salga a ningún lugar con Dash porque cree que es una mala influencia, y tiene razón.

—Pues ponemos el CD en casa. —Dash se levanta y agarra algo.

Entonces veo por qué Mitch está nervioso. Porque lo que Dash ha agarrado es una rubia menuda que toma su bolso y se pone de pie al lado de Dash como si este fuera un gran director ejecutivo o algo por el estilo. Ya conoces el lenguaje corporal: «Simplemente soy monísima y estoy encantada de estar aquí con este gran hombre». Pensé que todo esto había quedado atrás en el instituto, pero aparentemente sigue vivo en establecimientos baratos de estilo retro como el Big Pineapple.

He de decir a mi favor que no me sorprende. Tampoco estoy enfadada o celosa. Odio a Dash, por supuesto, pero eso no es nada nuevo. Hace mucho tiempo que sé la clase de excusa mala de escoria de órgano genital masculino mentalmente discapacitado con personalidad límite que es Dash. Pero no estoy ni sorprendidani enfadada ni celosa.

Dash empuja a la muñequita hacia la puerta.

—¿Quieres ir a patinar sobre hielo? —pregunta.

—Patinar sobre hielo... ¿a esta hora de la noche? —Suena como Betty Boop. Pero supongo que cuando eres rubia y luces un cortísimo vestido de piel de leopardo falsa, en realidad no importa a quién suenas.

—En mi jardín trasero —insiste Dash.

Sus ojos cubiertos por una cantidad desmesurada de máscara se iluminan. Supongo que se figura que ha enganchado a un pez gordo. No sabe que es un pez limpiafondos comemierda.

—Esa es buena —ríe con una risita tintineante—. He oído un montón de frases para ligar, pero ¿patinaje sobre hielo en el jardín trasero? Esa es buena. Claro, vayamos.

Dash llama a Mitch, que todavía está sentado a la barra.

—Venga Mitch, nos vamos.

—Esta pequeña banda es realmente buena —se resiste Mitch—. Quedémonos para el siguiente número. —El bueno de Mitch, siempre intentando evitar los problemas.

Pero Dash lo ignora y se dirige al exterior con la rubia. A regañadientes, Mitch paga la cuenta y los sigue. Es una noche de verano preciosa, iluminada por la luna llena y con olor a madreselva. Por un momento añoro Maine.

—Oooh, me encantan los autos grandes —canturrea Betty Boop.
—¿Qué hay dentro?

Dash se inclina para acercarse a ella.

—De todo.

De mala gana, Mitch saca las llaves y abre el SUV. Mientras la rubia se mete dentro, Mitch toma a Dash por el brazo, lo aleja del SUVy le dice:

—No pienso llevarla a tu casa.

—¿Tienes miedo de mi esposa? ¿O tienes miedo de la tuya?

Mitch frunce el ceño, y entiendo su dilema. Si yo fuera él, tampoco querría arriesgarme a que Barb se enterara de esto.

—Limitémonos a llevar a la dama a su casa —sugiere.

Mitch enciende el motor del gran SUV descapotable y conduce durante un rato. Cuando le pregunta su dirección a Betty Boop al menos por tercera vez, Dash lo interrumpe con una orden.

—A casa, Mitchell. —Por un breve espacio de tiempo, me pregunto si esta pequeña escena va a acabar con Betty Boop en mi cama. Y, si es así, ¿qué voy a hacer?

¿Debería mostrarme proactiva? ¿Debería regresar atravesando el país en avión, tomar un taxi hasta mi casa, sacar el 30-06 del armero, cargarlo y asesinar a Dash? Después de todo, la mitad de la casa es mía. Todavía es mi esposo. Si yo fuera un hombre y viviera en Italia, tal vez podría librarme del castigo.

Pero Dash ve algo por la ventanilla.

—Eh, espera un minuto... Gira a la izquierda. —Dash mira algo muy fijamente—. Detente en la tercera casa de la derecha. Mitch se detiene y Dash se tambalea un poco cuando baja del SUV y camina hacia la puerta principal de una gran casa de ladrillo.

Conozco la casa porque es la casa que visité semanalmente durante casi un año. Es la casa de la doctora Gita Habandouge, la indignante casa de la terapia.

Dash toca el timbre. Es medianoche, la casa está a oscuras y la voz de Gita surge por el interfono.

—¿Quién es? —pregunta con su voz del Oriente Medio adormilada pero poderosa.

—Soy Dash Denton.

—¿Quién?

—Dash Denton, el esposo de Molly Denton.

—¿Qué quieres? —Gita suena desconfiada.

—Solo quiero hablar contigo sobre mi esposa.

—¿Qué le ocurrió Molly?

—Huyó a L.A. y está viviendo con Sylvester Stallone.

Se abre la puerta principal. Gita, vestida con bata y zapatillas, echa un vistazo al exterior tras la cadena de seguridad.

—Sé que tenía ese sueño recurrente, pero nunca pensé...

—¿Qué sueño recurrente?

—El sueño de Sylvester. Para ser sincera, lo deseché por completo. Nunca se me ocurrió que fuera algún tipo de obsesión.

—Esto no es un sueño. Esto es real. Molly está allí en L.A. escribiendo un libro con ese tipo, o eso dice.

Gita sacude la cabeza.

—Me he quedado sin habla.

—Normal. Has arruinado mi vida. —El rostro de Dash se retuerce con un ceño mezquino, casi borracho—. Te voy a denunciar. Tiene que haber alguna forma de compensación legal. Mi abogado está ahí en ese auto.

Gita ignora esto último.

—¿Hay algún número donde pueda contactar con Molly?

—¿Ves a la rubia del auto? —Dash agita el brazo señalando el SUV de Mitch—.Me la voy a llevar a casa ahora mismo y voy a subirla al dormitorio de mi esposa. Voy a darle uno de los negligés de mi esposa y después... después voy a cometer adulterio.

Decido justo en ese momento y ese lugar que, si le da a Betty Boop mi camisón de Gillian O'Malley, lo asesinaré con mi 30-06. Pero Dash sigue con su diatriba más o menos borracha.

—Y cuando Molly regrese a casa, suplicándome que vuelva a aceptarla...

—¿Crees que eso va a ocurrir? —pregunta Gita.

—Por supuesto, y cuando suceda...

Pero Gita vuelve a interrumpirlo.

—¿Cuál es el número de Molly?

—Se acabó. —Dash se aleja sacudiendo la cabeza y, mientras camina hacia el SUV, se detieneun taxi. Mitch mete a la rubia en el taxi y este se aleja. Dash se abalanza sobre Mitch.

—¿Estás loco?

—Usé el teléfono del auto para llamar a un taxi.

La mueca arrogante de Dash se suaviza y se desvanece.

—Dios, era muy guapa. ¿No se te parecía a Molly? Quiero decir, los ojos. ¿Sus ojos no te recordaban a Molly?

Mi plan original era terminar el libro y después preocuparme por el marketing. Pero, basándose en el hecho de que ensamblar un equipo brillante de marketing lleva tiempo, Sly y Arnold han sugerido encarecidamente que el mejor momento para empezar es entre el inicio y la mitad del libro.

Como tiene sus oficinas en L.A. y representa a los escritores comerciales de la costa oeste, manteniendo a la vez clientes y relaciones entre los círculos literarios neoyorkinos, todos hemos estado de acuerdo en que el mejor agente literario para mi obra es el hermano de Erwin Stanton: Elliot Stanton. Ese es el motivo por el cual mis relatos cortos, así como un extenso esquema de *Marga, detective amazona* le fueron enviados por mensajero hace una semana y tengo una cita con él esta mañana.

Circulando a más altura que los Mercedes, los Jaguar y los Mia Miata, incluso por encima de los Range Rover, maniobro con Monovolumen Victor para bajar por Wilshire en dirección a la oficina de Stanton. Sly me llama por el teléfono del auto y detecta un temblor nervioso en mi voz.

—Creo que tengo miedo escénico —le digo.

—¿Qué es miedo escénico?

Creo que tiene que estar de broma, ¿no? Pero le explico que estoy un poco nerviosa porque tal vez yo no le guste a Elliot Stanton, o no le guste mi trabajo, y tengo miedo de no poder convencerlo para que me acepte como cliente.

Sylvester cambia a ese tono barriobajero que usa en las películas.

—Bien, Moll, no tienes que noquear al tipo, únicamente tienes que hacer lo que sea necesario. —Después deja que su voz recupere su tono normal—. En serio, ¿te gustaría que Arnold y yo nos pasáramos después del entrenamiento? Podríamos ir. —Es muy cariñoso por su parte, pero lo rechazo educadamente.

Mientras me acerco al impresionante edificio de Frank Gehry que aloja la agencia literaria de Stanton, recuerdo las palabras de André Agassi: «La imagen lo es todo». Después de estacionar el monovolumen, respiro profundamente e intentoinfundir algo de confianza a mis pasos. El elegante ascensor de bloques de cristal me lleva a la sexta planta y, después de una corta espera, me guían hasta su oficina.

Elliot Stanton se levanta de su escritorio de cristal Palazetti para saludarme. Es delgado como un junco y viste una chaqueta de *tweed* color antracita que combina con un cuello de cisne también de color antracita. Unas gafas de pasta descansan sobre su nariz larga y recta. Tras él, los tonos de gris usados en las paredes y el mobiliario se mezclan en una composición de tono sobre tono.

Sobre las paredes de la oficina de Elliot se exhibe el trabajo de David Onica, Lichtenstein y David Hockney, así como algunas fotografías a modo de trofeo de Elliot con Jay MacInerney, Elliot con Bret Easton Ellis, Elliot con una de las nietas de Hemingway y una caricatura al carboncillo de los hermanos Stanton, cada uno en una costa, con la frase: «Juntos controlamos Kansas».

Después de ofrecerme su mano huesuda, Elliot hace un gesto señalando el sillón Eames de color chocolate que hay frente a su escritorio. Cuando habla, su voz es suave y sus palabras precisas, y está bastante claro que mis relatos breves no le han enloquecido, porque los tilda de «muy del noreste» en un tono de voz que evoca muy levemente un vertedero, una humillación y algo de menosprecio.

No es que me importe lo que piense de mis relatos cortos, porque a mí tampoco me gustan. Es Margaret White transfigurada en *Marga, detective amazona* lo que me importa. Pero Elliot quiere explicarme cómo se pueden mejorar mis historias minimalistas, y quiere hacerlo concienzudamente. Intento distraerlo lanzando una cita de Hemingway: «Los buenos escritores únicamente compiten contra los muertos».

Pero Elliot no quiere jugar a Hemingway, y el sonido del teléfono nos interrumpe. Cuando Elliot contesta, ambos nos sorprendemos de que sea para mí. Me pongo el auricular al oído y escucho una voz agitada, aunque vagamente familiar.

—Molly, estoy en Yale. ¿Por qué no estás aquí?

Por un momento estoy confusa, pero entonces recuerdo la promesa de leer en Yale con Gordon Durkee el 25 de abril.

—Gordon, ¿eres tú? ¿Cómo me has encontrado? —pregunto, molesta con quienquiera que le diera este número de teléfono. Empieza a responder, pero me doy cuenta de que tengo que colgar.

Ahora mismo es más importante que me haga con el control de Elliot y exponga mis condiciones, y no tengo tiempo para repetir las noticias de ayer a Gordon.

—Los relatos cortos ya no están a la venta —le digo a Elliot— porque ahora estoy inmersa en una nueva obra. Es sobre la lucha de un héroe y la transformación de su personalidad durante el crisol de la acción. Creo que eso que está sobre la mesa es el esquema. —Debería reconocer el esquema, teniendo en cuenta todo el tiempo extra que he invertido en él.

—Sí... —Elliot se pasa la lengua por los labios y se ajusta las gafas—. Sí, lo recuerdo, es una historia detectivesca de acción... ¿con una heroína? —dice con un levísimo tono de incredulidad.

—¿Te supone algún problema, Elliot?

—Por supuesto que no —Elliot tartamudea por las prisas a la hora de soltar las palabras—. Nunca he tenido preferencias por ninguna raza, credo o género en particular.

—Estoy trabajando en el gran estilo romántico de Gaddis, Heller, Pynchon y Mailer. —Aquí tengo que cruzar los dedos, esperando poder acercarme un poco siquiera a las obras de Gaddis, Heller, Pynchon y Mailer—. Tengo cinco tramas principales, diecisiete tramas secundarias, numerosos desarrollos temáticos...

—Sí... ¿Es una historia detectivesca/saga/romántica/épica/de acción?

—Exacto.

Elliot hojea las primeras páginas de mi muy extenso esquema y después pasa la vista por varias páginas impresas que descansan sobre su escritorio.

—¿Sabes? Tu proyecto suena terriblemente parecido a uno que acaba de aceptar mi colega Paul Murfman.

—¿Qué?

Elliot busca la primera página.

—Aquí esta... La heroína, una detective privada en la antigua Roma, es descendiente de un pequeño grupo de amazonas que han estado viviendo aisladas durante varios siglos.

—Esa es mi historia —protesto—. Quiero decir, ¿cuántas personas pueden haber pensado eso mismo?

Elliot se quita sus gafas Oliver People y se masajea el puente de su larga nariz inglesa.

—Bien, me temo que tendré que pasar de tu proyecto debido a nuestro compromiso previo.

Como sigo con la boca abierta de par en par por la incredulidad, Elliot trata de suavizar el golpe.

—Muy frecuentemente dos artistas trabajan en proyectos similares al mismo tiempo. Hace mucho tiempo que decidí que esas cosas eran simplemente una coincidencia cósmica.

Me las arreglo para emitir un susurro ronco.

—¿Quién es el autor?

—En realidad lo presentó un productor independiente que no ha revelado el nombre del autor.

—Entonces, ¿quién es el productor?

Capítulo veinte

¡Wendy Kroy!

Me he quedado sin habla. ¿Cómo ha podido desarrollar mi idea y llevársela a un agente literario antes que yo? ¿Y cómo voy a convencer a Elliot Stanton de que la historia de Marga la detective amazona es mía, y que soy la única que puede escribirla?

En este momento, suenan unos nudillos en la puerta medio abierta y, contrariamente a mis instrucciones, Sly y Arnold se unen a nosotros. Los dos se han duchado y tienen endorfinas frescas, y no tengo ninguna duda de que están lanzando oleadas de feromonas buenas producidas en su entrenamiento. Sly lleva su camisa negrade sedade Versace que le confiere un aspecto muy europeo, y Arnold viste a la americana con su L.L. Bean de color trigo. Juntos parecen dos enormes sujetalibros. Y, aunque les dije que no vinieran, estoy contentísima de verlos.

Sly debe haber oído parte de mi conversación con Elliot porque, mientras baja su complexión musculosa hasta una silla, dirige las cinco palabras mágicas a Elliot.

—Vamos a hacer la película.

Elliot mira alternativamente a Sylvester y Arnold. Estudio la expresión de Elliot en busca de señales procedentes de las sinapsis de su cerebro mientras piensa cómo va a deshacerse de Paul Murfman. Pero su rostro está liso como la superficie de una piscina y lo único que dice es:

—Ah. ¿La conexión con la película es definitiva?

—Por supuesto —contesta Sly.

Supongo que el proyecto de un libro con contrato para una película es demasiado atractivo comercialmente para rechazarlo, al menos inicialmente, porque Elliot se levanta, sonríe ampliamente y le estrecha la mano a todo el mundo.

—Me gustaría ver secciones paulatinas del manuscrito a medida que avanzas —me dice.

—Gracias a Dios —murmuro mientras los tres nos apretujamos en el pequeño ascensor de cristal. Cuando llegamos a la calle me castañetean los dientes, probablemente por el subidón de adrenalina que acompañó a mi temor de que Wendy me hubiera derrotado.

«Es rápida —pienso—, increíblemente rápida». Debe tener muchísima gente trabajando para ella, gente que ni come ni duerme. Intento explicar atropelladamente a Sly y Arnold cómo surgió esta conexión con Wendy Kroy, cómo me arrinconó en la fiesta de Sly y cómo me interceptó en el café de Rodeo Drive.

—Relájate y frena. —Arnold se queja porque estoy hablando demasiado rápido—. Esta clase de cosas suceden continuamente por aquí. Todo va a salir bien. Solo recuerda que, cuando te enfrentes a un desafío, debes regresar mentalmente directamente al Código del Guerrero. ¿Cuántas páginas has escrito? —pregunta Arnold.

—No lo sé.

—¿Eres escritora y no sabes cuántas páginas has escrito?

No quiero contestar directamente, así que me salgo por la tangente.

—Tengo bastantes. Acabaré dentro de nada.

—Molly, tienes que mantener tu mente puesta en la producción y debes conservar la concentración.

—Deberías escuchar a Arnold—conviene Sly—. Está hablando del Código del Guerrero. Está hablando de llegar hasta el final y vencer. —Ambos me miran con mucha atención, como si estuvieran evaluando mi receptividad a este consejo. Al parecer he fracasado, porque Sylvester dice—: Será mejor que continuemos esta discusión en casa. —Y Arnold está de acuerdo con él.

Sly insiste en que vuelva con ellos en la limusina y no pongo objeciones, aunque esto signifique que uno de los guardaespaldas tendrá que encargarse de llevar a Monovolumen Victor a casa más tarde, porque, después de todo, Sly y Arnold acaban de venir a rescatarme de Elliot Stanton. Durante el trayecto pienso en lo que ha dicho Arnold sobre mi producción de páginas y tengo que admitir que, aunque empecé escribiendo sobre Marga con una media diaria de veinte páginas más o menos, esta rápidamente cayó a unas diez, y además dediqué gran parte del tiempo de trabajo al esquema, que tenía más de cien páginas. Así que ni siquiera puedo decir que haya establecido un buen ritmo en ningún momento.

Mientras nos desplazamos a lo largo de una hilera de palmeras estrelladas gigantes, noto la presencia de una larga limusina negra que nos adelanta y, aunque solo lo atisbo de medio lado, por su perfil tengo la certeza de que se trata de Eric el Perverso. Esto me pone nerviosa, aunque sé que trabajar de chófer es el segundo empleo de Eric. No puedo evitar preguntarme si me está vigilando. ¿De verdad se tomaría el tiempo de seguirme por ahí? «Bah, es una locura», decido.

Cuando regresamos al complejo, Sly nos lleva a la sala de pesas, lo cual, en mi opinión, es una mala elección para una conferencia porque no hay sillas. Sly y Arnold están de pie exactamente en la misma posición, con los pies ligeramente separados, estómagos metidos y hombros rectos, parecido a la posición «Descansen» del ejército. Naturalmente, yo adopto la misma postura.

—No demostraste confianza en la oficina de Elliot —me recrimina Arnold, y estoy segura de que tiene razón—. Es normal sentirse nervioso. Pero no está bien actuar con nerviosismo. Recuerda que nunca debes mostrar debilidad. *Nunca*. Da igual lo mala que sea la situación, da igual lo humillante o lo inminente que parezca la pérdida, debes enfrentarla con la frialdad de un bloque de hielo y con tu cuerpo tan quieto como un estanque helado. Déjame demostrártelo... —Arnold adopta la postura de una estatua maciza y musculosa, y después cambia ligerísimamente el enorme contorno de su mandíbula, como si fuera a declamar una línea de su diálogo. Se vuelve hacia Sylvester—. Ahora muéstraselo tú.

Sylvester se queda completamente inmóvil mientras se retuerce en una pose al estilo Rodin, mostrando tan solo un indicio de desdén en su mirada y una mueca casi imperceptible en su labio superior. Aunque ninguno de los dos tiene un arma, ambos se las arreglan para parecer muy peligrosos.

Pero ahora es el turno de Sylvester.

—¿Qué más has aprendido del Código del Guerrero?

Suspiro, pensando que, si me van a poner a prueba, preferiría preguntas de respuestas múltiples. Cambio mi peso de un pie a otro.

Pero Sylvester responde por mí.

—Debes mantener tu concentración y determinación. Si mantienes tu concentración y determinación, ni siquiera tendrás que pensar en la competencia, porque ya los habrás dejado mordiendo el polvo. —Me mira expectante.

—De acuerdo.

—El guerrero sabe que, para ganar, debe jugar a su propio juego.

Vaya, eso me suena muy familiar. Creo que lo oí en una de las cintas de *cassete* para entrenadores de hockey de Dash. Entonces no me pareció que tuviera nada que ver con escribir un libro y ahora tampoco. Están empezando a perderme con toda esta cosa de machos y empiezo a tener un poco de hambre para la cena, y entonces se me ocurre que estos dos podrían seguir así durante mucho tiempo, pero afortunadamente Sylvester lleva la conversación hacia el tema de los finales. Ese es un asunto más interesante que el «juega a tu propio juego». Así que lo animo lanzándole una cita: «Grande es el arte de los inicios, pero más grande aún es el arte de los finales», Thomas Fuller.

—«El final —responde Sly—, es puro instinto», Harold Pinter. —Nos lanzamos citas el uno al otro. Ambos somos tan buenos lectores que, para cuando agotamos nuestro arsenal de citas, Arnold se ha aburrido y se ha excusado para regresar a casa con Maria.

Así que Sly y yo llevamos nuestro duelo amistoso de citas a unas cómodas sillas junto a la piscina, y más tarde cenamos y volvemos a los detalles de mi historia de Marga. Una cosa en la que estamos de acuerdo es que, si el principio es la parte más importante de la historia, entonces con toda seguridad el final es la segunda parte más importante. Sylvester señala que, dado que mi historia de Marga es una saga guerrera, debe tener un final de guerreros, que puede variar entre una victoria total y un final en el que sobreviva por los pelos.

Pero yo creo que su punto de vista es un poco simplista. Me parece que cualquier lector que haya realizado conmigo un viaje como ese tiene derecho a sentirse elevado al final. Me da igual qué tipo de historia sea. Esta es la esencia básica en lo que respecta a mi trabajo. Pero ha sido un día muy largo y estoy agotada de hablar. Además, Sly parece preocupado porque vaya a fastidiar el final sermoneando a los lectores o poniéndome sensiblera,romanticona o moralista.

—¿Sermonear, ponerme sensiblera, romántica o moralista? *¿Moi?* —le digo, pero no parece convencido.

—Recuerda, Molly, que el romance y el conflicto ético son fantásticos como tramas secundarias. Pero si empleas demasiado tiempo de la historia en ellos o lo envuelves todoen un final edificante, nuestra saga épica se convertirá en un drama. —Su mirada me dice a las claras que le parece una propuesta nauseabunda.

—Deja de preocuparte, Sylvester —lo tranquilizo—. Solo porque haya añadido una pequeña trama secundaria donde Marga se siente atraída por su compañero Aurelius no es razón para perder la confianza en mí. No has perdido la confianza en mí, ¿verdad?

—Qué va —estira la mano y da un gran trago de agua mineral—. Supongo que simplemente estoy sorprendido por lo rápido que estás encajándolo todo. Al ritmo que vas, habrás acabado en un santiamén.

En ese momento podría corregirle, ya que está claro que Sly cree que hemos estado discutiendo los finales porque casi he llegado al final de mi historia. Y la verdad es que ni siquiera he sobrepasado las cien páginas. Me planteo contárselo y detallar mis motivos, que son todos buenos. Por ejemplo, está el hecho de que tuve que emplear muchísimo tiempo trabajando en el esquema de ciento treinta páginas para Elliot Stanton. Y también que he decidido pulir mi prosa mientras escribo, lo que ha hecho que empiece cada día de trabajo reescribiendo las páginas del día anterior. Pero, mientras estoy sentada aquí, comprendo que cualquier cosa que diga sonará a excusa y en realidad no me siento de humor para poner excusas. De hecho, si he comprendido correctamente la lección de hoy, se supone que nunca, nunca debo mostrar debilidad.

Entonces, ¿por qué diablos debería admitir que, después de todo este tiempo, solo voy por la página 89? De hecho, admitirlo me parece un signo definitivo de debilidad. Así que me recompongo con una pose etérea y despreocupada y, sabiendo que mi acatamiento del malentendido de Sly es en realidad una decepción, me limito a dejar que piense lo que quiera.

—Venga, vamos a dar un paseo —sugiero, sintiendo de repente la urgencia de moverme.

—¿Por la calle?

—No, no, dentro de la finca.

Cuando dejamos atrás el viñedo italiano y los olivos de Creta, y giramos junto a las orquídeas inglesas, advierto a través del follaje y la verja metálica electrificada que hay una limusina negra estacionada con el motor en marcha al otro lado de la calle, frente a la mansión de Sylvester. Cuando se lo señalo a Sly, este responde:

—Venga, Molly, solo es una limusina. Hay limusinas por todas partes.

Ante mi insistencia, nos acercamos un poco más y echo un vistazo a la ventanilla del conductor mientras pienso todo el tiempo: «No, no puede ser». Pero es.

—Es Eric —digo, sofocando un grito—. ¿Qué está haciendo ahí fuera?

—¿Recoger a alguien? —Sylvester todavía parece despreocupado.

—Pero está estacionado frente a tu casa, al otro lado de la calle, en mitad de la noche. ¿No lo encuentras absurdo?

—Qué va. Siempre hay gente extraña estacionada delante de mi casa. Así es mi vida.

Miro con atención el vehículo largo y oscuro estacionado ociosamente al otro lado de la calle. Aunque hubo un tiempo en que yo era una de esas personas estacionadas delante de la casa de Sly, no me siento tranquila con la situación.

Capítulo veintiuno

—Molly, todo en este mundo se reduce a sexo o dinero, y tú no tienes dinero. Así que, ¿con quién te has acostado desde que llegaste aquí?

Sacudo la cabeza.

—Tal vez te hayas acostado por accidente con alguien realmente poderoso, alguien tan poderoso que les ordenó a Sylvester y Arnold que te ayudaran. Haz memoria.

—Lo recordaría.

Barb entrecierra los ojos.

—Entonces, ¿por qué te están ayudando?

—¿Porque son buenos tipos?

—Vamos, Molly.

—¿Porque tengo una personalidad fantástica?

Barb se ríe con incredulidad.

—¿Porque les gusta mi trabajo?

Barb agita en el aire sus manos de manicura perfecta.

—Mira, no quiero discutir. Limítate a arrastrarlo hasta aquí y a presentármelo.

Pero Barb tiene que esperar. Pasa la noche en mi casa de invitados durmiendo profundamente a causa del *jet-lag*. Lo sé porque estoy levantadacon insomnio, paseándome con sigilo por la casa toda la noche, algo que últimamente me sucede más y más. Al día siguiente, Barb está fresca y llena de brío, mientras que yo tengo que tragarme tres *cappuccinos* solo para ponerme en marcha.

—Tengo una cita hoy por la mañana, ¿quieres venir? —le ofrezco.

—Lo que quiero es conocer a Sylvester. —Una característica de Barb es que es muy insistente.

—Lo primero es lo primero. Tengo una entrevista con un agente de relaciones públicas que tal vez contrate para que me haga un trabajo.

Barb duda.

—¿Es una entrevista de negocios?

—Sí, pero es en un salón de belleza. Venga, te encantará.

Y viene. Los samovares relucen y los galgos rusos corretean libremente por el salón Ivan's, estilista de las estrellas. Cuando la adusta recepcionista vestida con un severo traje gris de la época pre-glastnost nos convoca desde la sala de espera, hay un momento en el que me cuestiono mi propio criterio. Por supuesto, quiero al publicista más agresivo y ambicioso de la faz de la Tierra, pero encuentro un poco extraño estar manteniendo esta entrevista en un salón de belleza. Aunque Ivan's es un salón de belleza caro con una decoración que intenta ser de estilo europeocon ínfulas, sigo odiando con toda mi alma los salones de belleza, solo por detrás de las pistas de hielo.

Parece ser que ha habido algún error, porque la recepcionista insiste en que tengo cita para que Ivan «me haga» esta mañana, de la cabeza a los pies, esto es: un tratamiento de cuerpo entero. Suelto varias frases en ruso, todas ellas empezando por «*Niet*», pero la recepcionista me dice que cualquiera que desee ver a McTeague tiene que ver a Ivan antes. Y cualquiera que venga a Ivan's por primera vez tiene que someterse al «tratamiento corporal completo».

Obviamente estas condiciones son ridículas y se lo explico a la recepcionista. Sin embargo, me responde que las condiciones no son negociables y me rindo. Mi pensamiento es que esta es una oportunidad perfecta para poner en práctica el ruso que aprendí en Maine, y como Barb está prácticamente histérica de excitación por recibir tratamiento en un salón de belleza realmente grande, realmente de L.A., supongo que me dejaré llevar y podrán «hacernos» a ambas.

Cuando me presentan a Ivan, le dedico un bien pronunciado «*Zdrastveetyia*», seguido de «*Menya zaboot Molly. Kak dela?*».

Él se siente halagado, por supuesto. Nada proporciona más calidez al corazón de un recién emigrado que oír su propio idioma. Ivan, que es un hombre bajo y anodino vestido con un uniforme militar ruso, saca pecho y me comunica que su nombre completo es Ivan Ivanovitch. Cuando expreso mi sorpresa de que tenga el mismo nombre que el héroe de un cuento de Gogol, me dice que no es algo «TJI» (tan jodidamente importante), porque en Rusia Ivan es tan común como Juan. Y, como Ivanovitch significa hijo de Ivan, Ivan Ivanovitch es simplemente el equivalente de Juan Júnior, que es algo que nunca había pensado.

—De verdad —me dice—. Habría montones de Ivan Ivanovitchs en las guías telefónicas rusas si los rusos tuvieran montones de teléfonos.

Como Ivan me ha regalado un nuevo pensamiento, se suaviza mi opinión sobre este tipo que, después de todo, no es más que un peluquero que pretende ganarse unos cuantos de los grandes. Además, después de nadar esta mañana, empapé mi cabello en aceite de oliva por si acaso algún técnico capilar demasiado insistente intenta verter en mi cabello un color basado en peróxido de oxígeno. Como dije antes, no confío en los salones de belleza.

En Ivan's el tratamiento corporal completo está diseñado a imagen y semejanza de los spas europeos, cuyo propósito no es sudar como un puritano y matar de hambre al cuerpo, sino cuidarlo y mimarlo. Así que empiezan por meternos a Barb y a mí, una al lado de la otra, en una gran bañera llena de barro de color negro azulado en lo que llaman baño de barro de Odesa. Se supone que está llena de barro del mar Negro. Ya, claro. Sin embargo, como escritora que soy, me gusta pensar que estoy tan abierta a nuevas experiencias como, por ejemplo, Hunter Thompson o William Burroughs, siempre y cuando no impliquen muerte, mutilación o lesiones permanentes.

Barb se reclina tan lujosamente como si la hubieran introducido en el baño de leche templada de Cleopatra. Yo me quedo sentada, sopesando las probabilidades de que esto sea de verdad barro del mar Negro. Dado que los rusos han estado vertiendo libremente basura nuclear en el mar Negro desde hace bastante tiempo, espero que no sea de verdad barro ruso, sino barro californiano. Sin embargo, no estoy demasiado nerviosa porque, después de calcular el coste de traer el barro desde Rusia, creo que las probabilidades de que esta cosa sea auténtica son más o menos 500 contra 1.

—Esto es fantástico —declara Barb entusiasmada—. Es tan típico de L.A. que estoy deseando contarlo en casa. Vaya, ¿esa es Goldie Hawn?

Una rubia cubierta de barro emerge de otra bañera humeante. Está completamente irreconocible, así que le digo a Barb:

—No, esa es Barbra Streisand. —Mi Barb ahoga un chillido. Se me ocurre que, gracias a Dios, no tiene cámara de fotos.

La rubia cubierta de barro entra en la salita adyacente a las bañeras de barro y se ve asaltada por unos chorros de agua procedentes de una manguera antiincendios. El golpe es tan potente que la presiona contra la pared y el agua se estrella contra su piel, probablemente llevándose consigo una capa de epitelio.

«Esto no es el modo europeo —pienso—. Esto es más de estilo eslavo o mongol». Cuando la rubia se recupera del ataque del agua, dos gruesas matronas que visten uniforme blanco se acercan y la frotan con cepillos. Empiezo a preguntarme si Ivan no ha creado una experiencia más del tipo gulag siberiano que algo digno de un imperio europeo.

La ayudante, que parece una guardia de una prisión de mujeres sacada de una película, se acerca a nosotras. Está claro que han elegido a estas mujeres según lo grueso y rechoncho de sus cuerpos. Esta ayudante, en cuya identificación se puede leer Ludmilla en letras cirílicas, nos ordena salir del barro e ir a aclararnos. Como he presenciado el aclarado, dejo que Barb vaya primero. Cuando sale, veo una agradable piscina de agua limpia a través de otra puerta, así que me escabullopor ella.

Antes de que nadie pueda decirme «*Niet*», me deslizo en esa agua tan agradable y el barro azul se disuelve sin dolor. No transcurre mucho tiempo antes de que Ludmilla se mire enfadada desde arriba y me informe de que acabo de ensuciar la piscina para todos los demás.

—Ay, lo siento —digo, y salgo del agua.

Después de unas extrañas mascarillas vegetales para nuestras caras y algunos tratamientos de polaridad, Barb y yo nos dirigimos al salón de peluquería. En realidad, este es el lugar que más temo. Ivan Ivanovitch se acerca a nosotros y estudia nuestros huesos. Entonces nos da básicamente el mismo discurso que te dan en todos los salones de belleza del mundo. Nos dice que la belleza es una cosa individual y nos explica cómo va a sacar a la superficie nuestra belleza única y personal. Lo llama nuestro «*look* especial» personalizado.

Mientras habla, echo un vistazo al salón. La mayoría de las mujeres que salen de este lugar tienen un corte de pelo rubio platino que es una variación u otra del viejo corte de pelo a lo tazón de la cocina. Además, prácticamente no tienen cejas. Así que supongo que ese es el «*look* especial» de este año.

Mientras los ayudantes de Ivan van a por las batas, le susurro a Barb:

—Protégete las cejas. Recuerda que todo lo que te hagan hoy tendrá que regresar a Maine.

Los ayudantes de Ivan nos ponen las batas, nos sientan en sillones situados en extremos opuestos de la sala, nos alimentan con caviar y nos fuerzan a escuchar a Prokofiev. Cuando el ayudante Sasha se acerca a mí fingiendo no entender inglés con las pinzas para depilar las cejas, tengo que agarrarle literalmente las manos para detenerlo. Naturalmente, se produce un gran alboroto cuando rechazo el corte de pelo. Aparentemente hay más mujeres que han rechazado las pinzas, pero ninguna ha rechazado jamás el corte de pelo.

Ivan Ivanovitch en persona viene a hablar conmigo. Le explico que, de niña, fui víctima de abusos, que me crie con una tía que era modista y que, como consecuencia, tengo un miedo antinatural a las tijeras. Le cuento que estoy yendo a terapia para superarlo y que estoy segura de que, en los meses venideros, seré capaz de superar las fobias de mi infancia y me cortaré el pelo en su salón de belleza.

Con esto parece darse por satisfecho, pero dice que deben lavarme el cabello, secarlo y darle estilo. Lo acepto porque en estos lugares debes ceder en algo. Para cuando han acabado, tengo exactamente el mismo aspecto que cuando entré, aunque probablemente mucho más limpio, mientras que Barb no tiene cejas y lleva un corte de pelo rubio platino a tazón. Afortunadamente, aún no comprende la atrocidad que han cometido con ella. Decido no señalárselo. Cuanto más tarde se dé cuenta mejor.

Finalmente me conducen a la oficina con frisos de McTeague, que exhibe entre otros recuerdos un barco en una botella, una armadura y el blasón de su clan escocés. McTeague, que mide más de un metro noventa de altura y está enfundado en un suéter de cachemira negro y pantalones Baldessarini grises, me espera de pie tras su escritorio. Posee un fiero rostro escocés enmarcado por su cabello pelirrojo hasta los hombros, lo cual acentúa su facción más dominante: los glóbulos oculares saltones de alguien que padece hipertiroidismo.

—Molly Malone, querías verme y aquí estoy —dice con una gran voz de ordeno y mando a la que se superpone un acento que suena parecidísimo al de Sean Connery—. ¿Has visto a Ivan?

Obviamente está confuso porque todavía conservo las cejas y mi cabello no es de color platino. Ignoro esta pregunta y formulo otra a cambio.

—¿Cuál es tu relación con Ivan?

—Somos muy buenos amigos. —McTeague cruza dos dedos para ilustrar su afirmación—. Ivan vino desde Odesa sin un centavo —me cuenta McTeague—. Los contrabandistas le habían desvalijado todos sus ahorros. Estaba enfermo. Lo cuidé hasta que recuperó la salud y lo establecí en este local.

—¿Cuánto tiempo llevas trabajando en Relaciones Públicas? —pregunto.

McTeague arquea las cejas como si nadie le hiciera nunca esas preguntas.

—Uno o dos años. Antes hacía las uñas. Pero vayamos al grano. Soy el mejor del negocio y soy muy caro. Soy un animal, no tengo absolutamente ninguna regla y todo el mundo me quiere a mí. Así que, en realidad la pregunta es si te quiero yo a ti.

Adivino por la mirada de sus ojos que es un farol. ¿Qué agente publicitario no estaría interesado en una producción conjunta de Schwarzenegger y Stallone? Pero le permito jugar a hacerse el duro de conseguir mientras pasamos la mayor parte de la hora repasando el proyecto. McTeague está salivando literalmente con las ventas vinculadas. Le parece que son la clave para toda la propaganda promocional. El principal empuje de su campaña, tal y como lo ve él, es superar la última gran promoción. Mientras camina de un lado a otro como un paciente de hipertiroidismo, McTeague explica por qué no son suficientes las ventas vinculadas con Burger King y Pepsi, los sacos de dormir, tazas, cubrecamas, pinturas, bombones Fanny Farmer, gel de baño, bálsamo labial, puzles, linternas, dispositivos Viewmaster 3D, goma de mascar, libros para colorear, bolsas de almuerzo, mochilas, Nintendo, Sega Genesis, sábanas, toallas, jabón, lápices, marcadores, crayons, perfume y juguetes Etch-A-Sketch.

Me recuesto y me acomodo en el sillón. Es la clase de conversación a la que podría acostumbrarme, pero, por desgracia, se termina demasiado pronto y uno de los ayudantes de Ivan me acompaña a la salida. Me detengo para usar el teléfono del salón principal para llamar a Snake. Solo llevo un minuto al teléfono cuando una mujer desconocida se acerca a mí. La mujer, que tiene un aspecto como de *Star Trek*, está desnuda a excepción de algo parecido a unas hojas verdes viscosas, y comprendo que debe llevar puesto una especie de Envoltura de Algas del Sur de la China. Aunque está goteando una sustancia viscosa verde por todo el piso de mármol falso, la mujer me mira con fastidio mientras espera para usar el teléfono. Me resulta vagamente familiar y pienso que debería reconocerla, pero no lo consigo. Me aparto hacia un lado para terminar la llamada y es en ese precisoinstante cuando me ataca.

Capítulo veintidós

Sobrevivo al ataque. No había ninguna arma a mano y la criatura-mujer no pudo golpearme con el teléfono porque lo estaba sosteniendo yo, y tampoco consiguió arañarme con las uñas porque las tenía envueltas en un carraspique oceánico gigante. Supongo que debía parecer una película de serie B, *El ataque de la Mujer Ciénaga*, o tal vez un combate femenino de lucha en barro. Pero en realidad lo único que pudo hacer mi asaltante fue empujarme, zarandearme y saltar sobre mí, y entonces fue cuando las voluminosas ayudantes enfundadas en sus batas blancas me la quitaron de encima.

Lo más impresionante de todo el ataque es la voz de la mujer. Chilla una amenaza primitiva de osa herida defendiendo a sus oseznos mientras maldice y me gruñe, y grita:

—¡Trampa... tramposa!

El único daño que sufro es que me salpica un poco de fango viscoso sobre la camiseta. Por su parte, a la mujer maleza se le desgarra la envoltura de algas, dejando expuestos grandes espacios de carne blanca. Son precisamente esos huecos faciales en su envoltura de algas oceánicas lo que me permite reconocer a... ¡Wendy Kroy!

No se me ocurre hasta que estoy fuera del salón de belleza, de camino a casa con Barb, que Wendy probablemente estaba allí para ver a McTeague, y que el hecho de que yo llegara antes debe haberla enfurecido más allá de los límites de su autocontrol. Puedo entender la competición y la rabia. Pero no entiendo el mecanismo mental que le permite verme como la «tramposa» o la ladrona, cuando en realidad es ella la que está intentando robarme. Mientras Snake nos lleva a casa, me pregunto qué otra conducta podrá justificar Wendy, ya que la violencia física obviamente le parece bien.

Debido a la visita de Barb, tengo que emplear cierta cantidad de tiempo con ella, principalmente de compras. Sin embargo, al añadir esto a mi horario ya rebosante de conferencias matutinas con Sly, levantamiento de pesas dos veces al día con Eric, aerobic con Mary Pat Johannsen y taichí sobre hielo con Candy y las chicas, mi producción de páginas cae vertiginosamente.

Con la esperanza de acelerar el ritmo de escritura, y más concretamente mi producción real de páginas, le pido a Snake que me matricule en algún curso comercial sobre escritura de tramas literarias. Lamentablemente, el curso «La historia en 22 pasos de Truby» ya está lleno, así que Snake me apunta al curso Truby sobre historias de amor. Desde el punto de vista artístico no me interesan las historias de amor. De hecho, siempre me han aburrido. Tengo una trama secundaria de amor en mi saga de acción, pero Sly me ha dicho que tendrá que quedar sin resolver debido a las grandes exigencias del gran final de acción. Y, además, John Truby no para de decir cosas extrañas, como que la mayoría de las historias de amor tratan sobre el inicio del amor mientras que, en realidad, deberíamos centrarnos en la renovación del amor. ¿Y quién demonios va a arriesgarse a escribir algo así?

Pero sí creo que estoy teniendo un pequeño problema y, como se trata de un curso de escritura, decido escuchar y aprender todo lo que pueda para mejorar esta pequeña subtrama romántica. Lo primero que descubro es que tu heroína y tu héroe deben ser atractivos. Eso es fácil en una película, pero es mucho más complicado hacerlo en prosa. Por ejemplo, en todas las novelas románticas que he leído, siempre se describe al héroe de forma que se te detiene el corazón, lo que implica comparar su físico con las glorias de la naturaleza o las maravillas del universo. Sé que no soy capaz de hacerlo.

Aun así, tengo que encontrar la manera de describir un personaje masculino de una forma que resulte físicamente atractivo para el lector. Escucho a Truby impartir el curso de historias de amor e intento recordar la última vez que pensé que un hombre era físicamente atractivo. Ah, y no me refiero a ver una película de Brad Pitt. Me refiero a ese atractivo que hace que te quieras ir a la cama con el tipo, ese atractivo que hace que te sientas morir si no puedes conseguirlo. Así que intento recordar cuando estaba enamorada de Dash. Es imposible. No tengo absolutamente ningún recuerdo de encontrarlo ni remotamente atractivo. De hecho, nuestra historia juntos es todo un misterio para mí.

Pero sigo intentándolo. «El cabello —pienso—, concéntrate en el cabello». Todos estos romances se obsesionan con el cabello porque, en palabras de Vidal Sassoon, «El cabello es sexo». Así que me siento en la sala observando las nucas de las personas y cómo la luz que se filtra por la ventana juega con las diversas tonalidades de sus cabellos. Me esfuerzo en recordar de qué color es el cabello de Dash. Bueno, sé que es castaño, por supuesto. Pero cualquiera que haya leído alguna vez una novela romántica sabe que nadie tiene el cabello simplemente castaño, está el castaño dorado, el castaño rojizo, el castaño avellana, el castaño chocolate, el castaño trigueño, etc., etc. Por desgracia, no tengo ningún recuerdo de los matices de la tonalidad del cabello de Dash.

Después de varias semanas de concentrarme en el romance, siempre me alegra regresar a casa, sentarme junto a la piscina y charlar con Sylvester.

—¿Cómo te va? —pregunta.

Doy un sorbo a mi bebida de proteínas de enzimas de cadenas ramificadas y digo:

—Genial. —No le digo la verdad, que es que hoy pasé un tiempo navegando por la Red y jugando con la trituradora de papel, y que, a pesar de mis mayores esfuerzos, a pesar de mi registro de asistencia inmaculado al curso de escritura, cuando me senté ante mi computadora esta mañana fui incapaz de dar con una sola frase que pudiera conservar. Tampoco admito que el asunto ha ido más allá de un frenazo y que mis peores temores se han hecho realidad: estoy bloqueada.

Intento animarme pensando que nunca antes he tenido un bloqueo de escritura. Pero también es verdad que nunca he tenido que rendir en una situación con las apuestas tan altas. Y, aunque me siento mal por no decirle a Sylvester que no estoy ni remotamente cerca del final de mi aventura épica y que en realidad ni siquiera estoy escribiendo, tampoco soy capaz de contárselo.

—Tenemos un pequeño contratiempo con la financiación de la película —me dice Sly.

Siempre que saca algún tema relacionado con las actividades de preproducción de la versión para el cine de *Marga, detective amazona*, el cerebro se me nubla. Si soy incapaz de concentrarme en la historia que estoy escribiendo, ¿cómo voy a concentrarme en la película que se filmará basada en el libro?

—Es un contratiempo, pero lo solucionaremos. ¿Quieres jugar al tenis?

—No sé, ¿con quién vas a jugar?

—Arnold y Betsey.

—¿La rubia del laboratorio de ideas?

—Ahora es la presidenta.

Últimamente Sylvester pasa mucho tiempo con esta rubia de largas piernas que se supone que tiene un cociente intelectual más alto que Marilyn vos Savant. Le lanzo una mirada.

—No me gusta su risa. —En realidad es una risita.

Sylvester sale y yo regreso a otra jornada improductiva delante de la pantalla de mi computadora, y después me dirijo con Eric a una nueva sesión de entrenamiento con pesas. Cada vez que veo a Eric, me doy cuenta de que es tan raro que debería buscar otro entrenador, pero tengo la mente demasiado ocupada para añadir otra cosa más, así que supongo que he decidido tratarlo como si fuera un mueble, como a una silla con una pata coja.

A estas alturas, Eric y yo tenemos una rutina tan bien establecida que normalmente empezamos a entrenar en silencio. Quiero decir que ni siquiera nos saludamos. Ambos llevamos ropa pegada al cuerpo (de acuerdo, ahora me pongo ropa de lycra para levantar pesas, pero es negra) y comenzamos una serie de levantamientos y sujeción que es como un baile lento y familiar.

Después de unos veinte minutos, normalmente hablamos un poco y le explico a Eric el concepto de sembrado del mercado de McTeague.

—Es el precursor de la propaganda promocional —explico—. La propaganda promocional le dice a la audiencia lo que tendrá a su disposición, pero el sembrado hace que deseen el producto incluso antes de que llegue.

—Estupendo.

—Y McTeague dice que el producto para el mercado no es mi novela, sino que el producto es el personaje de Marga, porque puede lanzarse de muchas formas: muñecas, joyería, recortables, juegos, perfume...

—¿Cómo dijiste que se llamaba el tipo eso?

—McTeague.

Eric repite el nombre para sí mismo, como si fuera a olvidársele si no lo repitiera.

—¿Y vas a contratar a ese tipo?

—Sí —respondo despreocupadamente—. También me va a diseñar una línea de ropa y joyería. La ropa es un poco radical, con pieles sobre un hombro como las que llevaba Tina Turner en *La Cúpula del Trueno*. Ya sabes, algo parecido a *Sheena, Reina de la Selva*, así que envié a sus diseñadores de vuelta al tablero de dibujo. Pero la joyería no está mal. Mira.

—Ladeo la cabeza para mostrar mis pendientes de hueso.

Eric los toca cuidadosamente, como si fueran realmente delicados y se pudieran romper o algo parecido.

—¿Están hechos de hueso humano?

«Dios, sí que es estúpido», pienso, pero respondo:

—No. —Y no le aclaro que son de plástico hechos en Taiwán.

—Bueno... Ayer llevé a alguien en la limusina.

—¿Quién? —pregunto, aunque me da igual. Lo único nuevo que tiene que contar siempre Eric es lo importante que era la fiesta en la que trabajó de chófer.

Mientras hablamos, nos movemos uno alrededor del otro, colocándonos en distintas posiciones relativas a la maquinaria y las pesas, además del uno respecto al otro, y acabamos un poco sudorosos.

Me echo un vistazo en el espejo mientras nos movemos por la sala. Estoy empezando a ver el desarrollo de los músculos de mi cuerpo. Bueno, no es nada espectacularmente grande o fornido, pero cuando trabajo los brazos, por primera vez veo el perfil de los músculos, y mis piernas, que siempre han sido normalitas, lucen francamente bien. No sé por qué, pero la definición de los músculos logra que mi cuerpo tenga una apariencia más sensual.

Mientras pienso en esto, un hombre al que nadie ha invitado entra en el gimnasio, interrumpiéndonos a Eric y a mí en medio de un ejercicio de potencia... El hombre ha entrado sin invitación, pero me resulta familiar... Es Dash.

—¿Quién le dejó pasar? —exijo saber.

—Yo —admite Arnold, entrando también—. Dice que es tu esposo.

—Ah, sí. —Es todo lo que se me ocurre decir.

—¿Hay algún problema? —pregunta Arnold.

—Oh, oh. —Eric reúne sus pertenencias, las guarda rápidamente en su bolsa de deporte y se marcha.

—Lo quiero fuera de aquí. —Señalo a Dash, suponiendo que esto no debería presentar ningún problema, ya que Arnold puede sacar a cualquiera de cualquier lugar.

Pero Arnold frunce su ceño teutón.

—Dice que es tu esposo y el padre de tus hijos.

—Por eso lo quiero fuera de aquí.

Arnold sacude la cabeza de un lado a otro.

—No lo entiendo. —Me gustaría decirle a Arnold que se dedique a algo sencillo como la fusión fría, pero me contengo. Mientras tanto, Dash extiende la mano y se presenta. Arnold le dedica su amplia sonrisa de dientes separados y envuelve a Dash en una conversación sobre cómo el negocio de la construcción está temporalmente manteniéndose a flote con dificultades en el área de L.A., pero que el negocio de construcción de pistas de hielo está floreciendo desde que «El Gran Wayne» vino a la ciudad y cómo todo el mundo, incluido Arnold, quiere tener una pista de hielo en el jardín trasero.

—¿Sabías que van a incluir el hockey femenino en los próximos Juegos Olímpicos de Invierno?

«Oh, no», pienso, sintiéndome miserable. Conozco esta forma de hablar, es conversación de deportistas. Y no hay cemento sobre la faz de la Tierra que fragüe una amistad más rápida y resistente que la conversación de deportistas. Antes de darme cuenta, Dash le está preguntando a Arnold sobre sus experiencias como asesor de bienestar físico del presidente Bush, y Arnold le está pidiendo consejo a Dash sobre los mejores métodos de entrenamiento de patinaje sobre hielo para niños.

Me aclaro la garganta. Ni siquiera se dan cuenta. Doy el espectáculo recogiendo ruidosamente mis cosas del gimnasio, preparándome para salir huyendo. Todavía nada. Empiezo a marcharme. Levantan la vista, se despiden con la mano y continúan hablando... sobre que Dash podría construir una pista de hielo en el jardín trasero de Arnold.

Esto es una pesadilla.

131

Capítulo veintitrés

Mortificada y fascinada a la vez, me siento a leer, empezando por la sinopsis que explica que Marga, la detective amazona que proviene de un clan de amazonas que ha sobrevivido aislado durante varios siglos, ha sido capturada por unos esclavistas y vendida en una subasta de la Antigua Roma. Sin embargo, al salvar la vida de su amo, es liberada de las cadenas de la esclavitud y se le permite vivir como una mujer libre y ganarse el sustento como detective privada en esta decadente ciudad. Un día, Marga es convocada ante el gobernador de Galatia para que encuentre a su esposa huida, cuyo nombre es Valentina Vesuvia.

Por supuesto, me voy enfureciendo más y más a medida que leo. Supongo que en L.A., cuando roban algo, ni siquiera se molestan en cambiar los nombres de los personajes. Sigo leyendo a toda prisa. Dado que Wendy me ha robado tanto el argumento como los personajes, y el manuscrito tiene 650 páginas, no puedo por menos que preguntarme cómo ha desarrollado mi historia.

En mi impaciencia, empiezo a leer por encima grandes párrafos, buscando la clase de complicaciones que esperas encontrar en la parte media de una historia, pero, en lugar de eso, me encuentro con un largo párrafo sobre la nutrición del ciudadano romano medio y después otro sobre cómo se llevaba el agua mediante grandes acueductos (de hecho, parece que es mi prosa descartada, palabra por palabra). Cuando impulsivamente salto hasta las últimas páginas, no encuentro un final real, sino uno de esos finales artificiosos en el cual Marga toma su hatillo de piel de conejo y se prepara para regresar a casa.

Leo más y más, cada vez más rápido, hasta que por fin decido que Wendy Kroy ha presentado exacta y precisamente lo que me robó. Aunque no ha dejado fuera nada de lo mío, también es evidente que nadie ha desarrollado la historia, sino que se han limitado a hincharla y rellenar los huecos.

En este momento el teléfono empieza a sonar. Escucho mi contestador automático, que está grabando los mensajes de Elliot Stanton y McTeague, y después uno de Snake, que solicita que me reúna con Sly y Arnold en la piscina dentro de treinta minutos.

Sé que tengo que hablar con los chicos, y cuanto antes mejor, pero estoy tan nerviosa que no puedo sentarme quieta y tengo carne de gallina por los brazos. Así que me deslizo en la piscina y empiezo a nadar furiosamente largo tras largo con brazada australiana. Cuando hago un giro rápido en el borde de la piscina, Sly me da un golpecito en la cabeza, y entonces me arrastro fuera del agua y goteo sobre el mosaico de baldosas.

Con una sola mirada adivino que tanto Sly como Arnold han leído el texto robado. Está oscuro, y la tenue luz del sol se filtra a través del rumor de las hojas gigantes de las palmeras que bordean la piscina. Nos sentamos a la mesa grande, sobre la cual han colocado algún tipo de documento legal. Como si no estuviera ya lo bastante nerviosa...

Sly parece más serio de lo que le he visto nunca. Me pregunta si he usado la trituradora de papel y si he guardado los discos de la computadora en la caja fuerte todas las noches, como me había indicado previamente. Le aseguro que he estado haciéndolo. Entonces Arnold y él se turnan para relatar solemnemente las llamadas que han recibido de Wendy Kroy desde que les envió su manuscrito. Wendy les ha dicho que tiene contratados a tres de los escritores fantasmas más rápidos del país, así como a un especialista en antropología e historia de la Antigua Roma. También les ha preguntado qué clase de imágenes y final desean, porque tiene planeado personalizar el trabajo según sus especificaciones y entregarlo completo... ¡en 48 horas!

Escucho todo esto mientras se me hunde el corazón. Desde que llegué me he sentido como si estuviera en una alegre aventura, sin importar cuál fuera el resultado final. Pero la verdad es que, cuanto más tiempo paso aquí, más comprendo que la heroína que he creado es lo mejor de mí. Y mi esperanza de éxito (debido a la participación de Sly y Arnold) ha crecido hasta tal punto que he llegado a sentir que este éxito es verdaderamente mío. Me pertenece. Estas expectativas me han proporcionado el principal motivo para levantarme cada la mañana. Sí, por supuesto que he fingido que mi aventura ha sido como una especie de crisis alocada de la mediana edad a lo Gail Sheehy, tipo *Alicia en el país de las maravillas*, pero soy plenamente consciente de que es mi vida lo que está en la balanza.

Las consecuencias del fracaso, tener que abandonar mi estudio de escritora en la Casa de Invitados Número Tres, cargar a Victor para hacer el largo y amargo camino de regreso al este, retornar a mi antigua vida familiar como una fracasada o la alternativa, llevar la contabilidad de una librería (que es el único trabajo real para el que estoy verdaderamente capacitada), me parecen peor que la muerte. «Mejor —pienso—, sería ir con Victor a uno de esos acantilados de la Ruta 1 y lanzarnos». Al menos eso me otorgaría un trágico final al estilo del sur de California, muy en consonancia con Joan Didion o Sylvia Plath.

Intento recordar lo que me han enseñado Sly y Arnold, especialmente la parte que se refiere a cómo comportarse en una crisis. Recuerdo que se supone que debo ser fuerte, creer en mí misma y mantenerme concentrada frente a las fuerzas hostiles. En otras palabras, jugar a mi juego. Reúno hasta la última gota que me queda de osadía. La voz me brota ronca, pero lo consigo.

—Sigo pensando que puedo hacerlo mejor que Wendy Kroy.

Sly y Arnold sonríen.

—Nosotros también. —Entonces me dicen que ambos creen que el trabajo que ha enviado Wendy Kroy estaba inflado y lleno de paja, y que puede que los escritores fantasmas de Wendy sean rápidos, pero carecen de una cualidad esencial que ambos convienen que mi trabajo posee en abundancia: alma.

—Y, lo que es más —añade Sly—, queremos que sepas que tenemos una confianza en ti tan completa —aquí Sly se detiene para lograr su efecto mientras Arnold sonríe—, que hemos decidido cubrir personalmente la falta de financiación de la película y... ambos queremos protagonizarla como tus compañeros gladiadores.

Esto me deja totalmente atónita:los dos están dispuestos a arriesgar su dinero y reputación por mí. Abrazo a estos dos hombretones. Tengo que estirarme para hacerlo y mis brazos no son lo bastante largos para rodear los hombros de Schwarzenegger y Stallone, pero lo hago lo mejor que puedo. Acaricio mi Nudo de Hércules dorado y lo sostengo contra la luz del sol que empieza a desvanecerse. Miro los nudos dorados idénticos que cuelgan de sus enormes cuellos.

—Os quiero, chicos, lo sabéis.

Los ojos de Sly se nublan un poco y Arnold parece que esté en el último cuarto de un partido de fútbol americano que está ganando. Es un momento especial hasta que Arnold abre el contrato legal.

—Los abogados dicen que tienes que firmar esto.

—De acuerdo. —Trago saliva—. ¿Qué dice?

Arnold se encoje de hombros.

—Es simplemente la producción, plazos de entrega y garantías habituales: aprobación del guion, tráiler y montaje final.

La palabra «plazo» me da verdaderos escalofríos porque me hace recordar que solo voy por la página 117 de mi saga de 600 páginas. ¿Cómo puedo firmar algo cuando aún no he terminado el producto? ¿Cómo puedo llegar a ningún tipo de acuerdo en el que tengo que entregar lo que he prometido... en un plazo fijado? Quiero decir que sé que puedo entregarlo, pero como en *Lo que el viento se llevó* de Margaret Mitchell, podría tardar diez años. ¿Quién puede estar seguro?

—¿Cuáles son los plazos? —pregunto.

—Tres meses para el libro y tres meses para el guion, lo que me parece justo. —Supongo que les parece justo porque piensan que estoy cerca del final. Estoy tan agitada que, cuando Arnold me pasa los papeles, se me caen y el contrato acaba en el suelo y comienza a resbalar sobre las baldosas importadas. Antes de que pueda recuperarlo, ha salido volando hasta la piscina.

—Lo lamento —les digo a Arnold y Sylvester, y es verdad. Lamento haberme quedado seca de inspiración, estar bloqueada, engañar a mis dos amigos y ni siquiera tener las agallas de admitirlo.

—No pasa nada, Moll —dice Sylvester—. Conseguiremos otra copia y la dejaremos en tu estudio. Pero obviamente tienes un problema de filtraciones muy grande y no queremos otro incidente como este de Kroy. Si hace otro intento de robarte tu historia y consigue un interés más completo, no llegará a ninguna parte con nosotros, pero tal vez sí pueda poner algo en marcha con otros productores. Así que será mejor que encuentres la filtración y la tapes.

A lo largo de los días siguientes, creo que mi caída en la paranoia es completamente razonable. Después de todo, Wendy Kroy no solo me robó los personajes hasta el punto de escribir los nombres exactamente igual, sino que incluso se hizo con párrafos completos palabra por palabra. Estáclarísimo que ha sido un trabajo desde dentro y debe haber usado a alguien que tenga fácil acceso a las instalaciones, alguien que pudiera ir y venir a cualquier parte de la finca, especialmente a mi estudio de escritura... alguien en quien yo confío. Las posibilidades se suceden como destellos en mi cabeza, y con cada cara intento recordar alguna circunstancia insólita... ¿Snake? ¿Lucky? ¿Nick? ¿Vinnie? ¿Trip? ¿Eric? ¿Lips? Beverly Hills es simplemente una ciudad pequeña como cualquier otra donde todo el mundo se conoce. Podría ser cualquiera de ellos. Es como un mal sueño.

Ni que decir tiene que no estoy de muy buen humor cuando voy a la siguiente sesión con Eric. Sin pronunciar una sola palabra, empezamos a levantar pesas y dejamos que nuestros cuerpos se muevan en una especie de ballet, levantando y sujetando, comunicándonos físicamente pero no verbalmente, hasta que acabamos empapados de sudor. Y, por primera vez (puedo ser un poco espesa de entendimiento respecto a algunas cosas), me doy cuenta de que hay una cualidad erótica en nuestro entrenamiento. Cuando Eric se quita la camiseta empapada y se estira para alcanzar su bolsa de gimnasio y sacar una camiseta seca, también extrae un gran frasco marrón.

—Creo que hoy te voy a pintar —dice.

Tiene que estar de broma.

—¿Esa es la cosa que hace que todas las levantadoras de pesas parezcan pollos asados? —Me echo a reír.

—Molly, sabes que la definición de los músculos se ve mejor sobre la piel oscura.

—Quizás, pero no tengo ninguna intención de usar esa cosa.

Eric arruga la cara como si nunca se le hubiera ocurrido que pudiera negarme.

—Soy el entrenador y tú eres la clienta —me dice, intentando ganar un poco de autoridad sobre mí.

Ya, claro. Como si después de lo que acabo de superar, la confrontación cara a cara con Sly y Arnold, la contemplación detallada del fracaso inminente y el agotamiento emocional que vino a continuación, hubiera alguna posibilidad en el planeta de que Eric pueda alguna vez influirme para hacer algo. Pero Eric no piensa lo mismo. Es la clase de persona a la que puedes ver pensar, literalmente. Obviamente,pintarme es importante para él y piensa que, si encuentra la forma adecuada de comunicarme la importancia de todo esto, entonces aceptaré.

—Molly —dice después de una especie de pausa tortuosa para pensar—, ¿recuerdas que te dije que Rachel McLish es casi perfecta?

—¿Sí?

—Bien, creo que tú has llegado a ser totalmente perfecta... y sé que será incluso más evidente para cualquiera cuando estés pintada de un color más oscuro.

Hay algo en el modo en que me miran esos hermosos ojos azules que me produce escalofríos. Lo empeora todavía más diciendo:

—También quiero que sepas que eres la persona más especial que he entrenado. Y simplemente quiero estar cerca de ti... todo el tiempo.

Aunque estoy cansada, aunque he pasado por un huracán emocional, en este momento comprendo que Eric representa una clase de peligro diferente. De hecho, tal vez a Eric se le haya ido un poco la olla.

—Bien, Eric —le sonrío—, en realidad estás cerca de mí todo el tiempo, ¿no? Quiero decir que apuesto a que paso más tiempo contigo que con ninguna otra persona.

Pero eso no es suficiente para Eric.

—No lo entiendes —susurra—. No es que quiera estar cerca de ti... todo el tiempo. Es que necesito estar cerca de ti... todo el tiempo.

Capítulo veinticuatro

Así que no puedo escribir y estoy agotada porque tampoco puedo dormir. Debo tener insomnio, porque me paso despierta toda la noche dando vueltas por mi bungaló intentando descubrir quién es el ladrón. Camino de un lado a otro repasando los posibles sospechosos y retorciéndome las manos. Me pregunto si tal vez estoy sufriendo una crisis nerviosa. Con tantas cosas en la cabeza, me siento tan desconectada que me planteo no presentarme a la sesión de medianoche de taichí sobre hielo en casa de Candy. Pero me fuerzo a ir, pensando que un descanso de mis preocupaciones podría ayudarme, aunque lamentablemente no es así.

Más tarde me siento en silencio junto a la piscina de Candy, bebiendo un margarita de un vasito verde con forma de cactus junto a mi círculo de hermanas: Candy, Mary Pat, Lips y Barb. No parloteo tanto como de costumbre y lo notan.

—¿Qué demonios te ocurre? —pregunta Barb.

Pongo los ojos en blanco porque, quiero decir, hay tantos temas para elegir que decido empezar con algo pequeño.

—Bien, tengo un problema con mi entrenador. Creo que podría estar acosándome.

—Deberías hablarlo con Sly —me dice Candy—. Lo sabe todo sobre el acoso.

—Creo que Molly tiene algo más en mente —sugiere Lips—. Parece que está completamente inmersa en sus pensamientos.

—¿Qué hay que pensar? —exige saber Barb, siempre la pragmática. Para Barb, la vida es la suma total de las siguientes decisiones: «¿Qué llevo puesto?» y «¿Dónde serán mis siguientes vacaciones?». El motivo por el que respeta tanto a Candy es que siempre tiene las respuestas a esas preguntas. De hecho, Candy parece tener las respuestas a todas las preguntas.

Por eso, decido traer a colación el tema más serio: mi problema de seguridad. Creoque, si uso el grupo como caja de resonancia y repaso mi lista de posibles sospechosos, tal vez puedan ayudarme a descubrir quién me está robando el material. Pero cuando abro la boca para comenzar la discusión, una pregunta completamente distinta escapa de mi boca:

—Me preguntaba... ¿quién cree que una persona puede cambiar de verdad alguna vez?

Candy vuelve a llenar su vasito verde con la siempre presente jarra de margarita. Esa es una señal de interés.

—¿Qué clase de cambio?

—Me refiero a un cambio real, un cambio esencial de personalidad.

Mary Pat da un sorbo a su bebida y comprueba el maquillaje de sus ojos en un espejito que saca del bolso.

—Bien, a mí ya me conoces, creo en los milagros.

—Sí, lo sabemos. —El intenso optimismo, la fortaleza y la bondad de corazón que siempre ha mostrado Mary Pat frente a la degeneración, la mezquindad, las puñaladas traperas y todas las formas menores de maldad de la vida diaria, nos dejan atónitas a todas. Creo que nos gustaría que un día viniera con espíritu malvado, mostrando una actitud realmente codiciosa y envidiosa, para que pudiéramos abofetearla un poco.

Entonces Barb pregunta:

—¿Estás hablando de Dash?

—Bueno...

—Sí, *estás* hablando de Dash —me acusa—. Y mi consejo es que lo vuelvas a aceptar. Por lo que he visto, lo has asustado hasta someterlo y se portará bien el resto de su vida. Olvídate de cambiarlo... un marido asustado es mejor que uno cambiado.

—Se está comportando mejor —admito—, pero falta algo.

—Lo único que falta es que antes se hacía pis en el piso y ahora está educado.

Sacudo la cabeza.

—No es eso. El problema es algo básico, parte de la química ha desaparecido. —Y esta puede ser una gran verdad que no he querido admitir. Cada vez que pienso en Dash, siempre es un pensamiento de la modalidad lógica, despegada, tratando de decidir qué es lo mejor que puedo hacer. Ni una vez he sentido emoción y creo que eso me está molestando—. Es solo que no me queda ningún sentimiento por él —les confieso a mis amigas, exponiendo en voz alta esta simple verdad por primera vez.

—¿De qué estás hablando? —pregunta Barb.

Lips remueve el contenido de la jarra y se sirve una copa.

—Está hablando de amor.

—No me fastidies.

—¿No te importa el amor? —pregunta Lips.

—Descubro lo que deseo. —Barb estudia su manicura—. Y descubro cómo conseguirlo. Cuando lo consigo, estoy feliz.

Candy toca mi brazo.

—¿Sabes, Molly? Es posible que estés sufriendo una depresión debido a una pérdida repentina de feniletilamina. Tal vez deberías comer chocolate, porque contiene muchísima feniletilamina. —Candy siempre convoca a la corte junto a la piscina. Nadie la cuestiona, ni siquiera Barb. Y eso es porque Candy está casada con un hombre que es más rico que el marido de Barb y, por lo tanto, ha demostrado tener más inteligencia, conocimiento y fiabilidad.

—Creo que tiene más que ver con esa dieta de clorofila líquida que me ha puesto Eric.

—O... tu problema podría estar relacionado con las feromonas —sugiere Candy.

—¿Perdona? —dice Mary Pat.

—Bueno, ya sabes que en los animales toda la atracción sexual está controlada por las feromonas, que son unas sustancias químicas volátiles. Y hay un científico francés que acaba de descubrir un receptor en el interior de la nariz humana. Lo llama receptor vomeronasal. Así que la teoría científica más reciente es que tal vez creamos que nosotros tomaslas decisiones psicológicas relativas a nuestras relaciones personales con el sexo opuesto, pero en realidad estamos controlados por estas feromonas.

Lips reflexiona sobre eso.

—¡Vaya! ¿Entonces Molly podría tener la nariz taponada?

—Exacto —asiente Candy—. Tal vez le haya ocurrido algo a nivel bioquímico que obstaculiza su capacidad para captar el aroma de Dash.

Me pregunto qué sacar en claro de esto, porque es verdad que tengo unas cuantas alergias y siempre he tenido mal olfato, pero no me ha ocurrido nada nuevo. No es que me haya golpeado en la cara con una puerta ni nada parecido.

Pero Mary asiente enfáticamente con la cabeza.

—Eso explicaría por qué Chuck Jones se obsesionó tanto con los zapatos de Marla Maples Trump. Ya sabes, esos fetichistas adoran el zapato incluso más que a la persona. Tal vez es porque huelen el aroma del interior del zapato. Y no aman a la persona, sino a su olor.

—También explica la sincronización menstrual en las mujeres que están en estrecho contacto unas con otras —sugiere Candy—, y cómo las madres pueden identificar a sus bebés con los ojos vendados. ¿Sabías que está científicamente probado que el ciclo menstrual de una mujer se puede alterar frotando su labio superior con extracto de sudor de la axila de un hombre? ¿Sabías que están diseñando un perfume de feromonas?

Barb, que parecía aburrida hasta este momento, ahora parece muy interesada.

—¡No me digas! ¿Dónde se puede conseguir?

—No lo sé —responde Candy—. Hay un tipo francés trabajando en ello. A lo mejor hay que ir a Francia para conseguirlo.

Barb parece enojada.

—Ya me lo imaginaba.

Mary Pat se aclara la garganta.

—Molly, ¿quieres intentar volver con Dash? ¿Eso es lo que estás pensando? —Es obvio que Mary Pat se ha deslizado hacia esa cosa tan suya de consoladora/asesora.

—Creo que sería lo mejor para los niños.

—¿Pero sería lo mejor para ti? —pregunta Barb.

—No lo sé. Tal vez... si pudiera convencerme de ello.

Mary Pat recoloca su toalla.

—Entonces, ¿qué ves cuando lo miras?

—No lo sé. Creo que ya no lo miro nunca.

—¡Ah! —murmura Candy—. Elie Weisel dice que lo opuesto del amor no es el odio. Es la apatía.

Barb alza las manos con gesto de líder.

—De acuerdo, vamos a analizarlo de forma fría y calculadora por unos minutos. Molly, ¿cuáles dirías que son las cualidades buenas de Dash?

Me encojo de hombros.

—Bueno, es guapo.

Barb sacude la cabeza.

—Eso no cuenta en un esposo.

—Es gracioso —ofrezco.

—Eso tampoco cuenta en un esposo.

Ahora tengo que pensar.

—Le gusta trabajar. Es bueno en la cama.

—Eso sí cuenta —asienten todas al oírlo. Barb continúa incitándome.

—¿Qué más?

—Quiere a los niños... No lo sé. ¿Qué se dice de un esposo? Nunca me ha pegado, no es un borracho, no me engaña. —Sin embargo, me doy cuenta de que no son cualidades positivas, solo son la ausencia de cualidades negativas.

Lips aprieta sus provocativos labios con una mueca de desdén.

—¿Esto es algún tipo de test de una revista, Barb? Quiero decir, ¿vas a puntuar sus respuestas o algo así?

Barb la ignora. Desde que supo que Lips se había hecho cargo de parte del crédito del auto de Snake, perdió el poco respeto que tenía por ella.

Candy se estudia las uñas.

—Molly, cuando estás al lado de Dash, ¿qué sientes exactamente?

—Nada.

—Bueno, mis sentimientos son muy vívidos —dice Candy—. Cuando estoy al lado de un hombre, siempre siento algo. Aunque en tu caso, ciertamente suena como si pudiera tratarse de un receptor vomeronasal taponado.

—Entonces, ¿qué debería hacer? —pregunta Barb—. ¿Ir a un otorrino?

—No lo sé —admite Candy.

Lips termina su bebida y se sirve otra.

—En realidad no me creo nada de eso. Yo siempre he mirado a la luz.

—¿Qué luz? —pregunta Candy.

—La luz que hay alrededor de las personas.

Barb entrecierra los ojos. Está dispuesta a escuchar cualquiera de las teorías de Candy, pero Lips no ha demostrado su valía en los aspectos financieros del mercado romántico y, por lo tanto, en opinión de Barb no tiene permitido expresar su opinión.

—¿Esto es una de esas cosas *New Age*? —pregunta Barb altivamente.

—¿Sabes esa luz que hay alrededor de Sylvester? —continúa Lips.

—He visto esa luz —digo—. Es más fácil verla cuando Sly viste seda negra y tiene el sol a su espalda. También he visto un poco de luz alrededor de Arnold.

Lips asiente enfáticamente.

—Mi teoría es que la mayoría de las personas usan toda su energía en estar pendientes de sí mismas. Después no les queda nada para nadie más. Pero algunas personas tienen tanta energía que pueden cuidar de sí mismos y les queda energía para dárnosla a ti y a mí. Y por eso esas personas tienen una luz a su alrededor.

Candy ladea la cabeza.

—¿Estamos hablando de auras, o es una teoría de campos de energía?

—No lo analizo científicamente —admite Lips—. Simplemente lo uso.

—¿Y cómo usas esa teoría de la luz exactamente? —pregunta Barb, ocultando apenas su escepticismo.

—Cuando quiero saber con qué clase de persona estoy tratando, en lo que se refiere a... bueno, bondad, amabilidad, esas cosas, simplemente desenfoco los ojos un poco y miro a ver si arrojan alguna luz.

—Vaya, eso es interesante —murmuro. Definitivamente me gusta más que la teoría de la nariz taponada. Pero me pregunto por qué he sacado el tema de Dash. ¿Qué locura temporal se ha apoderado de mí? Iba a hablar de mi problema de seguridad. Iba a hablar sobre cómo encontrar al ladrón y cómo acabar con la filtración.

Sirvo otra ronda de margaritas para las chicas y me aprovecho del parón temporal en la conversación para describir al grupo mi problema de seguridad. A causa de los aspectos técnicos del problema, automáticamente Pat, Barb y Lips dejan de prestar atención. Pero Candy escucha atentamente mi descripción de cómo manejo los discos de mi computadora y los papeles, además de mis sospechas detalladas de ciertos individuos (dejando fuera a todas las presentes, por supuesto) así como mi análisis de los culpables más probables basándome en sus inclinaciones y la oportunidad que tienen de hacerlo.

Cuando finalmente le doy opción de hablar, pregunta:

—¿Tienes un fax modem enchufado a tu computadora?

—Sí.

—¿Lo tienes organizado de forma que se pueda enviar el material directamente a tu computadora? En otras palabras, ¿se pueden comunicar otras computadoras directamente con tu máquina?

—Bien, todas mis peticiones de investigación envían su respuesta a mi computadora, y también recibo correo electrónico.

Candy frunce el ceño.

—Creo que un *hacker* con experiencia ha entrado en tu sistema por la línea telefónica del modem. Tal vez nunca sepas quién es el ladrón exactamente, pero puedes cerrar la puerta.

—Eso es lo que tengo que hacer: cerrar la puerta... taponar la filtración.

—De acuerdo, entonces llama a Atlas Security, pregunta por Clarence Chen y dile que necesitas que te encripten la computadora.

—¿Eso es todo?

—Es una pregunta sencilla. —Candy bebe con delicadeza de su pequeño vaso con forma de cactus—. La pregunta del esposo era mucho más difícil.

Capítulo veinticinco

Me despierto en la parte de atrás de la limusina con cinta americana sujetándome las muñecas y los tobillos, y cubriéndome la boca. Me las arreglo para balancear las piernas sobre el asiento y me siento.

¡Dios mío, estamos en la autopista de Santa Mónica! Los Jaguar, Lamborghini y Range Rover abarrotan los carriles de tráfico a nuestro lado, pero nadie se percata de que estoy aquí. Estoy a su lado en medio del tráfico con cinta americana tapándome la boca y ni siquiera me ven. Están todos muy ocupados con sus teléfonos celulares o escuchando música. Eric me habla por el intercomunicador.

—Estás pensando que tal vez puedas hacer añicos el cristal de la ventanilla para llamar la atención de alguien —dice—. Pues bien, olvídalo.

No puedo responder a causa de la cinta adhesiva que me tapa la boca.

—Recuerda, Molly, que el cristal está tintado y es a prueba de balas. Estás encerrada aquí y nadie puede verte. Si lo piensas bien, creo que llegarás a la conclusión de que resistirte a míes un esfuerzo inútil. —Lo pienso durante un rato y parece que tiene razón—. Bien, estoy dispuesto a retirar toda la cinta americana si me prometes no causar problemas ni hacer nada para llamar la atención. Parpadea dos veces si tu respuesta es sí.

Parpadeo dos veces.

Eric sigue conduciendo, pero al poco no le queda más remedio que detenerse porque estamos atascados en el tráfico. Acciona el motor para bajar el cristal que separa al conductor del compartimento del pasajero, saca una pequeñanavaja del bolsillo y corta la cinta adhesiva de mis muñecas y tobillos. Pero, cuando me arranca la cinta de la boca, no puedo evitar soltar un grito involuntario. ¡Dios, como duele! Cualquier vello facial invisible que viviera sobre mi labio ha desaparecido para siempre.

—¡Silencio! —me advierte Eric.

—Lo siento.

Cuando el tráfico mejora un poco y Eric pone la limusina en marcha, intento evaluar mi situación. En realidad, no hay mucho que pensar. Estoy secuestrada, Eric está al mando y no se me ocurre ninguna idea. En el pasado descubrí que la razón habitual para no tener ideas es la falta de investigación, así que indago un poco.

—¿Se trata de un secuestro normal para pedir rescate o es una de esas cosas psicóticas en la que tienes que poseerme? —Me pregunto si se trata de una cosa sexual por la forma en la que me ha estado mirando las últimas semanas.

—Solo quiero pasearte un poco.

—¿Eso es todo?

—Sí. —Eric vuelve a subir el cristal que nos separa. Me acomodo en el asiento de cuero y echo un vistazo al compartimento del pasajero. Hay un teléfono en la consola central. Lo levanto y marco el 911—. He cortado la línea de salida —me dice Eric por el intercomunicador.

Vuelvo a colocar el teléfono en su lugar y sigo mirando. Hay una máquina de fax integrada en la consola y, aunque supongo que probablemente Eric también lo habrá desconectado, la enciendo y se ilumina la lucecita verde. Me podría comunicar a través del fax tan bien como por teléfono, si tuviera papel para escribir... o una computadora.

Miro por la ventanilla. Todo el mundo está hablando por teléfono. Es muy injusto que yo no tenga teléfono. Entonces se me ocurre una idea.

—Oye, Eric —digo en mi mejor tono de voz de señora a criado mientras presiono el botón del intercomunicador—. Creo que tenía el portátil cuando me secuestraste.

—Sí.

—Bien, durante el tiempo que esté encerrada aquí atrás me gustaría adelantar algo de trabajo —le explico, intentando que me salga una voz tipo Bette Davis.

Eric baja el cristal y me pasa el portátil.

—¿De verdad vas a escribir mientras te llevo por ahí en la limusina?

—Sí, Eric, ese es mi plan. Así que, ¿podrías volver a subir el cristal para que pueda concentrarme?

—Claro. —Y acciona el motor que vuelve a subir el cristal.

Enchufo el portátil al fax y escribo:

Nota urgente.
A Sylvester Stallone:
Sly, he sido secuestrada por Eric el Perverso... Conduce hacia el este por la autopista de Santa Mónica. Consejo, por favor.

Me resulta gratificante recibir una respuesta rápida.

Nota.
De la oficina de Sylvester Stallone:
Molly, gracias por tu comunicación. El asunto será atendido inmediatamente.

Entonces es cuando sé que Sylvester está fuera del alcance de su oficina. De otro modo, habría contestado en persona. Pasan unos minutos hasta que suena el teléfono de Eric y, cuando levanto el supletorio del asiento de atrás, oigo la voz de Snake.

—Venga, Eric —dice—. Sabes que no puedes hacer estas cosas.

—Solo quiero pasearla un poco por ahí —insiste Eric.

—Sí, seguro, pero eso ya lo has hecho, así que ahora tráela a casa.

—No.

Decido interrumpir.

—¿Dónde está Sly?

—Está jugando al polo —contesta Snake.

—Bien, pues interrumpe el partido.

—Al señor Stallone no le gusta que lo saquen del campo. —No me lo puedo creer. Snake lo intenta de nuevo con Eric—. De acuerdo, ¿cuánto quieres?

—¿Crees que esto es por dinero? —Eric parece insultado—. El dinero no tiene nada que ver. Voy a llevar a Molly a mi garaje y voy a pintarla.

—Antes dijiste que solo ibas a llevarla de paseo. Ahora estás diciendo que la vas a llevar a tu garaje y la vas a pintar. ¿Qué más planeas hacer?

Eric cuelga y desconecta mi fax. Pensando que tal vez siga atrapada aquí durante un tiempo, decido adoptar una actitud víctima-secuestrador cordial y cortés, y Eric responde bien a este cambio. Cuando le digo que tengo hambre, encarga un Familia Feliz del restaurante chino para llevar de Wilshire.

Mientras llegamos hasta allí, el teléfono suena de nuevo y escucho por el teléfono supletorio.

—Eric, ¿qué diablos estás haciendo? —Es Sylvester, parece enfadado y creo que oigo la voz de Arnold de fondo—. Tráela de vuelta aquí.

—No puedo. Tengo que pintarla.

—¿Por qué?

—Sly... tú sabes lo difícil que es ver la definición del músculo cuando la piel es muy pálida. Tengo una nueva pintura que he mezclado yo mismo y va a ser perfecta sobre ella, porque tiene más oro que bronce.

Hay una pausa.

—Mira, Eric, te has derrumbado. Lo comprendes, ¿verdad? Pero todavía estás a tiempo detraer a Molly de vuelta a casa. Aún no hemos llamado a la policía.

—¿No has llamado a la policía? —chillo al teléfono.

—¿Eres tú, Molly? —pregunta Sly—. La gente de publicidad no quiere que hagamos nada que ponga en peligro la película y parece que estás bastante bien, así que vamos a negociar.

—No puedo creer que me fueras a entregar a la policía. —Eric suena sorprendido.

—Bueno, ¿qué pensabas que iba a ocurrir?

—Pensé que pondríamos la amistad y el arte por encima del comercio. Pero bien, bien, si te vas a portar así, en ese caso... —Eric está empezando a sonar un poco enfurruñado—, entonces quiero cincuenta mil dólares. No voy a llevarla de vuelta hasta que tenga los cincuenta mil dólares.

«Vaya, yo habría pedido más», pienso. Quiero decir que cincuenta mil no es mucho por un rescate.

—¿Cómo se te ha ocurrido esa cifra? —pregunta Sly.

—¿...Por qué?

—Bueno... Sé lo que va a decir mi abogado. Lo primero que va a decir es: «Sly, ¿podemos hacerlo por menos?».

Pienso para mis adentros que no es posible que lo esté oyendo bien. Pienso que no es posible que Sly esté regateando conmigo.

—Bien, pues vuelve y habla con tu abogado —responde Eric, testarudo.

Es justo en ese momento cuando las palabras de Eric «la mezclé yo mismo» de repente tienen sentido para mí.

—Eh, espera un minuto. Eric, ¿qué hay en esa pintura? —Pero se niega a contestar—. Eric, ¿recuerdas esa película de James Bond en la que el villano pinta a la chica con oro de verdad y ella muere porque su piel no puede respirar? ¿Y eso qué, Eric?

Sigue sin contestar. No me lo puedo creer. ¿Es que nadie ha visto *Goldfinger*? Mientras tanto, me doy cuenta de que no he pensado en lo más importante: si Eric está obsesionado con pintarme, ¿con qué más está obsesionado? Quiero decir, ¿qué ocurrirá si tiene planes para colgar mi torso disecado y pintado en la pared de su garaje-apartamento?

Oigo el ruidoso suspiro de frustración de Sylvester y después el sonido amortiguado de Sylvester y Arnold conferenciando de fondo. Finalmente, surge por la línea la voz confiada de Arnold.

—No te preocupes, Eric. Todo va a salir bien. A la vez que hablamos contigo, tenemos a los contables por el otro teléfono y estamos solucionándolo.

—¿Cuál es el problema? —pregunta Eric.

—Los impuestos, tenemos que decidir de qué cuenta vamos a sacar el dinero. ¿Te contó Molly que ya estamos en la preproducción de la película?

—Sí.

—Bien, Eric, estoy seguro de que entiendes que nos gustaría clasificarlo como gasto de preproducción, porque así podemos deducírnoslo. Sin embargo, si el contable dice que no, Sly y yo te pagaremos personalmente. Mis abogados hablarán con sus abogados y llegaremos a algún acuerdo. Así que, pase lo que pase, no te preocupes.

Pero hay otra voz de fondo mucho menos tranquilizadora que la de Arnold. Y me lleva unos instantes reconocer el sonido de Dash gritando:

—¿Qué quieres decir? ¡¿A Molly se la ha llevado un maniaco en un auto y nadie ha llamado a la policía?!

Eric suspira, se encoge de hombros y después entra en el estacionamiento del restaurante chino y se detiene. Me encierra en la limusina mientras va a por la comida para llevar y no puedo por menos que maravillarme por cómo Eric me ha aislado completamente del resto del mundo. Y ni siquiera tiene un escondite... Lo único que tiene es la limusina. Su técnica podría revolucionar y optimizar el arte criminal del secuestro.

Estoy pensando en todo esto, casi admirando la ingenuidad enfermiza de Eric, cuando otra limusina se detiene al lado de la nuestra. Es larga, de un color gris metálico satinado muy actual. La puerta se abre y aparece Wendy Kroy vistiendo un vestido oscuro ajustado, un sombrero negro de paja y un largo pañuelo blanco y negro de seda, y se apresura a entrar en el restaurante chino.

Capítulo veintiséis

Wendy y Eric el Perverso salen juntos sosteniendo grandes cajas de cartón de Familia Feliz, y adivino por su lenguaje corporal que son mucho más amigos de lo que habría imaginado. Eric lleva a Wendy a su limusina, le pasa las cajas de comida china y espera mientras Wendy se desata su largo pañuelo de seda y se lo da como si fuera un regalo o algo parecido, y entonces Eric vuelve conmigo.

Supongo que quiero creer que el encuentro de Eric y Wendy es solo casual y que Eric va a continuar paseándome mientras fantasea con pintarme como un pavo asado de Acción de Gracias, pero lo primero que hace cuando regresa a nuestro vehículo es atarme el pañuelo de Wendy alrededor de la boca para amordazarme eficazmente. Después me ata las muñecas con bandas elásticas anchas de entrenamiento y me junta los pies, lo que me resulta molesto como mínimo, aunque la mordaza es el peor problema.

Esto me pone en una desventaja tremenda, ya que mi boca es probablemente la parte más eficaz de mi cuerpo. Mientras pude hablar con Eric, estaba segura de poder manipular su pequeño cerebro reptiliano. Pero, sin capacidad para comunicarme, creo que estoy metida en un hoyo mucho más profundo de lo que había creído.

Lo segundo que hace Eric cuando regresa es deslizar sobre el puente de mi nariz un par de gafas de sol de gran tamaño y meterme por la cabeza y los hombros unaenorme chilaba con capucha de estilo Oriente Medio. Después abre la puerta y me saca a tirones de la trasera de nuestra limusina para introducirme en la parte de atrás de la de Wendy.

Mientras tanto, el chófer uniformado de Wendy sale de su limusina y se acomoda en el asiento del conductor de la limusina de Eric. Después Eric se pone al volante de la larga limusina de Wendy y abandona del estacionamiento. Y yo voy sentadacon gafas de sol, atada y amordazada en el asiento trasero del auto de Wendy Kroy mientras Eric conduce. Esos dos hablan largo y tendido. Me irrita no poder oír lo que dicen porque la partición de plexiglás está subida, pero parece que están teniendo una discusión muy intensa, casi una pelea, que al final acaba con algún tipo de acuerdo y unas sonrisas. Mientras tanto, el auto se dirige hacia el sur.

Vamos por la ruta 101 y después cruzamos a la 405. El paisaje se vuelve más seco y vemos más rocas y cactus. Me pregunto qué tipo de trato habrán hecho esos dos. Eric es una marioneta y un debilucho, así que seguro que Wendy lo tiene dominado. Y, si Wendy está al mando, estoy en gran desventaja, porque me odia de verdad. Estuvo claro desde el principio, cuando intentó robar mi idea de la detective y después pirateómi computadora y me atacó en Ivan's, pero supongo que estaba demasiado ocupada con mi historia para prestar mucha atención.

¿Y a dónde vamos? Tengo el mal presentimiento de que me llevan a México. Obviamente tienen algún plan, porque la estratagema de enviar al conductor de Wendy a la limusina de Eric obviamente estaba pensada para despistar a Sly y Arnold. Esto me produce escalofríos.

Conducimos durante mucho tiempo sin detenernos. Hay un silencio mortal en la parte de atrás y me quedo adormilada. Me despierto cuando siento que el auto se detiene y veo que Eric se ha puesto en un carril para cruzar la frontera. Un aburrido agente de aduanas habla con Eric, y este le da unos papeles. Ahí es cuando comprendo la habilidad con la que me han disfrazado. Porque la chilaba negra con capucha me cubre la boca amordazada y me envuelve los hombros, ocultando también mis muñecas atadas. Lo único que me queda para comunicarme son los ojos, y me los han cubierto con unas gafas de sol. Todo funciona a la perfección, el guardia nos saluda con la mano y ya estamos en México.

Recostada contra el asiento de atrás, me digo que ya tendré otra ocasión de escapar, pero lo dudo. En cuestión de secuestradores, Wendy parece mucho más organizada e ingeniosa que Eric. Una vez pasada la frontera, dejamos atrás casitas de color pastel con tejados de hojalata y carteles que anuncian cerveza y gasolina, pero cada vez se hacen más escasos y empezamos a entrar en una región más agreste, estéril y rocosa, y creo que debemos estar en Baja. Por la autopista 1 dejamos atrás Ensenada y Punta Prieta. Vemos cada vez menos señales de ocupación humana y la autopista se convierte en una larga línea negra con escasas carreteras de tierra roja que salen a ambos lados. No vemos a nadie, seguimos viajando y el sol se pone.

Por fin, justo al sur de Santa Rosalía, Eric abandona la carretera principal y entra en una carretera de tierra con grandes surcos. Con Wendy guiándolo, deja atrás numerosos caminos hasta que al final giramos a la derecha y entramos por el camino de entrada de una casa de madera muy alta con oscuras contraventanas cerradas, y Eric apaga el auto.

Wendy sale para abrir la casa y Eric la sigue con unas cuantas bolsas de lona. Regresa a por mí, me quita la mordaza y corta las gomas con su navaja para que pueda caminar. Estoy rígida por haber estado sentada en la misma posición durante mucho tiempo, así que tiene que ayudarme a subir los dos tramos de escaleras y a entrar en una habitación grande con amplias puertas de cristal que conducen a un balcón. Afuera la luna es muy grande y se refleja sobre el océano, el Pacífico o el mar de Cortés. No estoy segura de cuál es porque me desorienté durante el viaje. Eric me deposita en una silla y, aunque la habitación tiene claridad gracias la luz de la luna, enciende varios velones.

—¿Dónde está el generador? —pregunta a Wendy devolviéndole el pañuelo, y ella lo anuda a su bolso de cocodrilo.

—Ahora no te preocupes por eso —le dice.

Me desplomo en la silla, frotándome las muñecas doloridas. Me parece que hace mil años que comí o bebí algo por última vez, y me duele todo debido al confinamiento. Wendy se inclina sobre mí y sonríe.

—Cárcel —dice—. Vas a ir a una cárcel mexicana.

No digo nada.

—Piensa en cómo será vivir en un pequeño espacio comunal con cincuenta o sesenta mujeres y un solo baño en funcionamiento. Olvídate de dar paseos, olvídate de ir al médico, olvídate de leer los periódicos, libros, cartas… Yolvídate de escribir. Estamos hablando de un lugar donde tal vez tengas que esperar un año para conseguir un lápiz, y entonces no tendrás papel. —Se ríe con un sonoro resoplido, como un caballo—. Piensa en el calor... los insectos... las serpientes... Piensa en la diarrea crónica.

—Pero no he hecho nada.

—Voy a hacer una llamada anónima a las autoridades, y te encontrarán aquí con un buen surtido de sustancias ilegales. —Mira a Eric—. De acuerdo, ¿qué tenemos?

—Un poco de hierba, algo de cocaína y un frasco de tranquilizantes. Wendy parece satisfecha.

—Servirá.

—Nadie se va a creer un montaje tan obvio —digo, intentando ganar tiempo.

—Soy amiga del capitán local y estoy segura de que lo creerá. Vuelve a atarla —le ordena a Eric—. Voy a hacer la llamada telefónica.

Eric hurga en los armarios de la cocina.

—Usa el teléfono celular.

—No, voy a usar un teléfono que no puedan relacionar con nosotros.

—Hay gente buscándome —le digo a Wendy antes de que salga.

Pero parece despreocupada.

—Sly y Arnold no podrán ayudarte porque estás en un país completamente diferente... y tengo la sensación de que encontrarán la manera de hacer la película sin ti. —Se dirige a las escaleras y entonces se detiene en la parte superior—. Tal vez incluso me contraten para ocupar tu lugar.

Escucho sus pisadas sobre las escaleras y después el sonido de la pesada puerta principal cerrándose tras ella. ¿Será esto lo que me espera... abandonada y atada a merced de la policía mexicana para que me arresten por un cargo falso de posesión de drogas? Intento pensar con todas mis fuerzas una forma de huir, pero me distraigo con el ruido del latido de mi propio corazón.

Eric debe haberse quedado sin cinta americana y gomas, porque busca por los armarios de la cocina durante un buen rato hasta encontrar un pedazo de cuerda. Después se acerca y me ata a la silla. No se molesta en amordazarme, aunque supongo que ya no es necesario.

—¿Qué te prometió Wendy para conseguir que colaborases en esto? —le pregunto.

—Mi propio programa de fitness... en una televisión por cable, tal vez en una cadena de televisión, pero con toda seguridad al menos por cable.

—¿Cuándo hiciste el trato?

—En el restaurante de comida china para llevar. Wendy tiene uno de esos dispositivos de vigilancia ilegales que le permite escuchar conversaciones de celulares y estaba conduciendo por los alrededores escuchando cosas cuando nos oyó. Así es como supo que te tenía en la limusina.

—Eric... —Espero hasta que me mira a los ojos—. Estoy segura de poder hacerte una oferta mejor que la de Wendy... ¿Tal vez algo en la película? Sé que podemos solucionarlo porque aún no estás metido en problemas de verdad.

Sacude la cabeza.

—Ah, sí lo estoy. Secuestro y fraude en dos países. Wendy ya me lo ha explicado y creo que es mejor que me atenga al trato que hice con ella.

—Pero Eric... ¿ya no quieres pintarme? —con esto trato de sonar seductora.

Parece sorprendido.

—Wendy dijo que no podía.

—¿Por qué no? ¿Qué diferencia podría haber porque lleve pintura corporal cuando me arrastren a la cárcel? Además, Wendy ni siquiera está aquí.

Eric me mira como un chico de dieciséis años, pero entonces frunce el ceño y sacude la cabeza.

—Me parece que ya no tengo la pintura. Tal vez la olvidé en la otra limusina.

—Pero mezclaste esa pintura tú mismo, así que quizás podrías hacer otra mezcla. Tiene que haber cosas por aquí que puedas usar.

Eric no me responde, pero vuelve a fruncir el ceño como si lo estuviera pensando. Regresa a la cocina y empieza a buscar por los armarios. Muy pronto coloca sobre la encimeraunos vasos y cuencos junto a un surtido de líquidos, y comienza a mezclarlos. Al cabo de un tiempo, Eric se acerca a mí con un cuenco de líquido marrón y un pequeño trapo de cocina.

Se arrodilla, coloca el cuenco sobre el suelo y levanta la vista hacia mí.

—Voy a empezar por tus pies.

Cuando Eric afloja las ataduras que tengo alrededor de los tobillos, inmediatamente siento la holgura alrededor de mis brazos y agito las muñecas hasta liberarme. Eric se inclina, me quita la sandalia y empapa el trapo en el líquido, pero entonces duda y me mira.

—¿Por qué estás haciendo esto? —pregunta—. Antes no me permitiste hacerlo.

Respiro profundamente y bajo la voz.

—Empieza con los espacios entre los dedos de los pies.

Cuando Eric se agacha para aplicar la pintura en mi pie, me estiro y alcanzo una pesada vasija de barro que hay en la mesa de al lado. Lo estrello con todas mis fuerzas contra la nuca de Eric, y este cae derrumbado sobre el piso. Me lo quedo mirando durante un minuto, después tomo la cuerda que Eric había usado para atarme, le pongo los brazos a la espalda y lo ato.

Me levanto, y yaestoy atravesando la habitación a la carrera cuando oigo que se abre y se cierra la puerta principal, y después oigo el sonido de una pesada bolsa arrojada al suelo. Wendy entra en el vestíbulo y comienza a subir las escaleras.

—¿Dónde está Eric?

—En el baño —le digo.

—¿Por qué estás desatada? —En su mano derecha Wendy lleva una de esas grandes barras rojas que bloquean los volantes de los autos. Mientras sube por las escaleras, golpea la barra metálica varias veces contra la palma de su mano libre. Supongo que planea darme una pequeña paliza antes de entregarme a la policía mexicana.

Pero... he pasado suficiente tiempo con Sly y Arnold para conocer bien el Código del Guerrero. Y sé lo que haría Margaret White, I. P., y también lo que haría ahora mismo Marga, la detective amazona.

Así que, cuando Wendy se acerca a la parte superior de las escaleras, en realidad justo cuando su pie toca el escalón superior, mi musculoso brazo derecho se eleva y lanzo un puñetazo verdaderamente poderoso justo al centro de su rostro. Wendy se tambalea hacia atrás y se echa la mano a la cara.

—Mi nariz —jadea, y un hilillo de sangre se desliza por sus labios.

Sin perder un instante, lanzo otro derechazo directo a su rostro y cae hacia atrás, y después rueda por las escaleras hasta la planta baja. Me apresuro hasta el amasijo retorcido que forma su cuerpo, saco su pañuelo de su bolso y lo uso para atarle las muñecas. Después vuelvo a buscar en su bolso, localizo las llaves del auto y me dirijo a la puerta.

Pero el sonido de pisadas en la puerta principal de la casa me detiene. ¿Hay alguien más en este lugar? ¿O ha llegado la policía?

Regreso lentamente a la parte alta de las escaleras, intentando recordar si he visto otra salida. Alguien empieza a aporrear la puerta principal. Miro por todo el gran salón. Sin saber en qué dirección debo ir, abro las puertas de cristal y salgo al balcón, pensando que tal vez podría saltar desde ahí y escapar. Miro hacia abajo.

¡Jesús, qué caída! Desde el balcón hay un descenso de al menos dieciocho metros por roca desnuda y escarpada hasta el mar. Aunque el salto saliera bien y esquivara las rocas, no creo que pudiera sobrevivir a la caída sin un par de huesos rotos y tal vez la espalda quebrada.

Mientras los golpes en la puerta principal se hacen cada vez más fuertes, busco desde un extremo del balcón otra escalera, pero solo están el balcón estrecho y la barandilla de madera. Ahora oigo ruidos procedentes de la sala de estar, así que en realidad ya están en el interior de la casa. Una voz de hombre grita.

—¿Hola... hola?

El oleaje se estrella contra las rocas que tengo a mis pies y entonces levanto la vista hacia el tejado de tejas oscuras y veo mi última oportunidad. Pensar que puedo subir al tejado es una apuesta arriesgada. Pero si me pongo de pie sobre la barandilla del balcón y salto hacia el tejado, podría conseguirlo.

Trepo sobre la estrecha barandilla de madera sin pensar que solo llevo puesta una sandalia y que mi otro pie está desnudo, y esto me desequilibra. Me agacho para intentar quitarme la sandalia, pero esta acción redistribuye mi peso y siento que mi centro de gravedad se desplaza. Así que me pongo de pie rápidamente, esperando corregir mi error, y extiendo los brazos como un equilibrista en la cuerda floja.

Pero es demasiado tarde y mi cuerpo ha empezado a deslizarse hacia fuera... hacia el océano. Y, aunque todavía tengo los pies en la barandilla, me doy cuenta de que mis brazos están demasiado lejos para aferrarme.

Entonces las puertas del balcón se abren de golpe y unos brazos se extienden para sostenerme.

Capítulo veintisiete

No es la policía mexicana, no es Sly y tampoco Arnold, sino Dash quien me agarra y me empuja hacia el interior del balcón. Y me quedo sin habla durante varios minutos. Finalmente me recupero.

—Salgamos de aquí. —Nos apresuramos a través del salón, aunque Dash insiste en entretenerse en dar una patada en los testículos a Eric, y después estamos fuera. Estamos en el auto de Dash, en la Ruta 1, y nos dirigimos al norte.

Ni siquiera pienso en Eric y Wendy hasta que estamos seguros al otro lado de la frontera. Y tampoco entonces pienso con claridad. El pensamiento lógico me exige varios días, bueno, tal vez más, porque la primera semana de regreso a California está repleta de entrevistas con reporteros de periódicos y televisión. McTeague está encantado, pero yo estoy cansada y me gustaría volver a mi vida normal. Hay muchas cosas que tiene que procesar mi cerebro: el secuestro, el momento de mi caída y Dash, claro. Le estoy enormemente agradecida, por supuesto, pero, cuando estoy con él, me siento paralizada por esta poderosa sensación de... malestar. Malestar extremo.

Da igual lo que intente hacer para librarme de la sensación, parece que no puedo tranquilizarme y relajarme en presencia de Dash. Y me pregunto si quizás no quiero sentirme emocionalmente obligada a él. Tal vez sea eso.

Finalmente, al acabar una semana muy ajetreada, me las arreglo para tener un día casi normal y empiezo a escribir. Esto es, pongo de verdad palabras sobre el papel: frases, párrafos e incluso páginas enteras, y me doy cuenta de que mi bloqueo se ha roto.

Aunque no tengo ni idea de por qué. Tal vez fue el torrente de adrenalina del secuestro. O quizás, cuando estuve atrapada en esa limusina con tanto tiempo para pensar, empecé a ver mi vida y mis relaciones desde una perspectiva más realista.

Por ejemplo, ahora entiendo que mi relación con Sly y Arnold, a pesar de ser amistosa y divertida, es básicamente una colaboración de negocios, y comprenderlo es liberador. Me libera para escribir lo que quiero en lugar de preocuparme por lo que quieren Sly y Arnold.

Ya sin compromisos, desbloqueada, con la energía de un caballo de carreras que ha estado relajándose en la pradera, empiezo a trabajar. Ni siquiera salgo del estudio, y no solo en días, sino en semanas. Estoy tanto tiempo en mi madriguera que los empleados se convierten en expertos en preparar comida plana, o lo que es lo mismo, comida que pueda deslizarse por debajo de la puerta. Durante este tiempo no veo a nadie. No hablo con nadie. Trabajo tanto y estoy tanto tiempo en este estado de confinamiento solitario voluntario que empiezo a perder toda noción de conexión con este mundo: con mis amigos, con mis hijos. Incluso empiezo a perder la noción de mí misma. Solo existe el trabajo; el trabajo lo es todo.

Cuando por fin emerjo con el producto terminado, estoy enormemente cansada y satisfecha. Durante días vago con una rebosante y maravillosa sensación de satisfacción, pero entonces, pasado un tiempo, me siento cada vez más sola y anhelo a la gente.

Sin embargo, la normalmente bulliciosa Casa Stallone está extrañamente silenciosa. Sly y Arnold han partido hacia Nueva York para sacar a bolsa algunas de sus empresas. Los niños están de campamento todo el tiempo. Dash está por aquí, por supuesto, pero lo he evitado, y me pregunto si estoy en peligro de caer en una depresión post-manuscrito.

Así que, mientras espero que mi libro aparezca en las tiendas (el trato que me consiguió McTeague contenía la cláusula de realizar la impresión y distribución más rápida de la historia del mercado editorial), me esfuerzo mucho en planear todos los detalles de la gran fiesta de lanzamiento del libro que me prometió Sly.

Lo que quiero hacer es convertir la mansión de Sly en una réplica de un iglú lapón moderno de la vida real. En Laponia hay un hotel que los lapones deben pensar que no es lo bastante frío, porque todos los inviernos construyen un iglú al lado del hotel: un gran iglú de lujo con paredes y suelos de hielo, y camas talladas en el hielo. Para hacer más acogedoras las camas de hielo, arrojan encima pieles de reno. Incluso hay una cantina hecha completamente de hielo (advertencia: no apoyarse sobre la barra, ya que el calor corporal la derretiría). Me invento muchas cosas, pero esto es verdad.

Solía bromear con los amigos del hockey de Dash que, para las vacaciones de primavera, deberían llevar a sus esposas al iglú del Hotel Laponia. Pero nunca entendieron la broma, principalmente porque son deportistas y se mantienen estrictamente concentrados en temas como si se debe lanzar alto o bajo a un portero determinado, o si la defensa debería sobrepasar la línea azul.

Lamentablemente, el decorador me dijo que iba a ser imposible convertir la mansión de Sly en un iglú. Así que tuve que conformarme con retirar todo el mobiliario e instalar hielo de plástico por toda la planta principal. Complementando el piso de hielofalso, que es totalmente patinable, disponemos decoraciones que celebran nuestro tema: «Antigua Roma sobre hielo». El área de la piscina se ha renovado para imitar las termas romanas de forma bastante precisa, a excepción del tobogán gigante de plástico que acaba en la piscina, una cosa de tipo Disney olímpico que sugirió el decorador.

Inicialmente a McTeague se le ocurrió el tema «Antigua Roma sobre hielo» para atraer mucha atención de la prensa, pero, después de mi secuestro, esto ya no es necesario. La publicidad de mi secuestro ha sido tan enorme que sus efectos incluso se están sintiendo en el proyecto de la película. McTeague está encantado y se comporta como si lo hubiera planeado todo él.

Me arreglo para la fiesta en el gran vestidor de la primera planta de la casa principal. En consonancia con nuestro tema, ha sido decorado para parecer un vestuario de hockey sobre hielo de la Antigua Roma. Pellejos de vino, sandalias y togas cuelgan de las paredes junto a máscaras para la cara, cinta para los *sticks* y espinilleras. Puede sonar históricamente incorrecto, pero el descubrimiento de los primeros patines para hielo data del año 60 a. C., así que seguimos siendo técnicamente precisos.

Se anima a los invitados a vestirse de forma acorde a la época histórica, pero en realidad sirve cualquier cosa. Vestirme no me toma nada de tiempo. Para mí solo necesito la camiseta blanca de hombre, los *jeans* negros y pasarme los dedos por el cabello. Lips, enfundada en cuero negro ajustado, parece un cruce entre una reina del derby de patinadoras y un gladiador del Coliseo. Cuando se gira, compruebo que, mediante un diseño cuidadoso de cortes sobre el cuero, se las ha arreglado para mostrar el tatuaje de buen gusto de su trasero: «¡Hazlo ya!». Venga, ¿para qué quieres el arte corporal si no lo puedes mostrar? ¿Verdad? En sus adorables pies calza unos patines de hockey Bauer 5000 negros, que probablemente serán los patines preferidos esta noche entre los ejecutivos del estudio, los desarrolladores y los agentes más importantes.

Barb, a quien acompañará su esposo Mitchellpara variar, todavía vacila sobre su elección de vestuario. Puedo oírla hablando consigo misma mientras mira fijamente el armario.

—Negro —dice—. El negro siempre es adecuado. —Probablemente lo combinará con unas perlas bonitas y nada arriesgadas.

Aunque antes seguía todas las indicaciones de Barb, aquí debo discrepar. Esta fiesta no es para vestir de forma segura. De hecho, la vida no es para vestir de forma segura. Miro a Lips y Barb mientras bajan las escaleras. Tengo planeado hacer una entrada tardía, así que me siento un rato a leer *Publisher's Weekly, Variety* y un surtido de publicaciones, buscando artículos sobre mi libro/proyecto de película y, por supuesto, mi secuestro, que me ha convertido en la última *victim du jour*.

Y, debido al interés que despierta mi persona, McTeague ha plantado artículos retratándome de una forma tan radiantemente brillante, tan curiosamente creativa, tan rígidamente realista y sin embargo tan innovadora que, mientras leo estas cosas, empiezo a preguntarme si debería congelar mis óvulos para una posible colaboración posterior con el esperma de Mailer, Vonnegut o Gaddis. Supongo que debería ir a buscar a McTeague, darle una palmadita en la espalda y decirle que ha hecho un trabajo fantástico, pero estoy un poco nerviosa. No puedo olvidar del todo esa antigua maldición china: «Que todos tus sueños se hagan realidad».

Contemplo los jardines de la finca de Sly a través de la ventana. El jardín inglés está en plena floración y puedo oler las orquídeas a través de la ventana abierta. Más allá, en el viñedo italiano, las viñas toscanas están creciendo y los olivos de Creta están en flor. Es verano... en todo su esplendor. Y es difícil creer que he estado tanto tiempo aquí.

Contemplo el paisaje desde la ventana de Sylvester durante unos instantes, pensando en el camino tan largo que he recorrido y que debería estar disfrutando más de mi éxito. Después de todo, mi esfuerzo, aunque fuera creativo, me ha dado la sensación de una gran campaña militar. Y, aunque soy una mujer, siempre he sentido una gran cercanía espiritual con los grandes héroes guerreros del pasado, comoAlejandro Magno, Ghengis Khan y Napoleón, mi favorito porque dijo: «La imaginación gobierna el mundo». ¿Y no es esto el festín del guerrero? ¿No es ahora cuando mis compañeros y yo lo celebramos jugando con las calaveras de los vencidos, comiendo los cerebros del enemigo y cosas así?

Espero hasta que la fiesta empiece de verdad para hacer mi imponente descenso por la gran escalinata. Intento adoptar la sofisticación de Lillian Hellman, pero mi zancada no es demasiado suave, teniendo en cuenta que voy sobre unos patines Bauer 5000. Bajo el último escalón de la escalinata recubierta de plástico y me deslizo sobre el hielo de plástico, tomo una toga de cortesía, patino un poco y examino el lugar.

Tony Lamboni sirve bebidas tras una larga barra en una esquina de las grandes salas delanteras. McTeague estaba muy en contra de la idea, pero tuvo que ceder porque Sylvester y yo insistimos.

Arnold y Sylvester todavía no están aquí, aunque llegarán más tarde en jet privado.

Una de las primeras cosas que advierto es la forma tan extraña que tiene todo el mundo de moverse. El maestro Wong, vestido con un leotardo de color rojo vino, se desliza de sala en sala adoptando sus diversas posturas de taichí, la viva imagen de la serenidad. Pero el resto de la multitud parece moverse de forma espasmódica. Supongo que es porque los que pueden patinar, patinan, y los que no pueden han optado por deslizarse sobre zapatillas, de forma que la fiesta adquiere un carácter extraño. Elliott Stanton es uno de los deslizadores. Se acerca para estrecharme la mano.

—He oído que la primera edición ha establecido un nuevo record.

Asiento como si no fuera importante, pero en realidad sí lo es... Es como un sueño.

Se forma un pequeño grupo a mi alrededor: Norman Mailer, Tom Wolfe, Bret Ellis, Hunter Thompson, Jay MacInerny y William Burroughs. Incluso los minimalistas son serviles con sus elogios. Así que les concedo un poco de tiempo antes de excusarme para ir a ver cómo están mis amigos.

Mary Pat y Gita están en una esquina discutiendo sobre si existe un lugar para la religión en el mundo de la psiquiatría.

Pero entonces se produce una conmoción en la puerta principal que atrae a un grupo muy nutrido. Es la llegada de la actriz Laura Lee Koharski, que ha sido elegida para el papel de Marga en la película. Viene montada a horcajadas de su semental de raza árabe, lo cual es extremadamente problemático porque ya han surgido quejas de grupos que defienden los derechos de los animales por lo que ha estado haciendo con el pobre animal. Laura quiere meter a Joyas, su semental, dentro de la casa para que se una a la fiesta. En realidad no creo que pueda patinar, pero decido que qué diablos. Después de conferenciar con Candy y Mary Pat, le pido a Snake que encuentre algo suave para cubrir los cascos del caballo. Snake no se ha vestido de romano. Lleva su chaleco de cuero habitual y *jeans* desaliñados, y me alegro, porque Snake es el original y nunca debería conformarse con los convencionalismos. Junto a mí, al lado de la bandeja de canapés de Snake, está McTeague vestido con una elegante combinación de Armani, Baldessarini y patines Bauer, acompañado por Ivan el estilista ruso, que lleva un traje preglastnost y patines antiguos. Pero McTeague es como un amasijo de nervios porque está trabajando, así que me escabullo de su lado.

Los últimos en llegar y los más callados son los familiares. Cuando Dash entra con los niños, advierto que tienen el cabello todavía húmedo de la ducha recortado con esmero, y que visten chaquetas deportivas, camisas y corbatas. También noto que mis hijos, que son patinadores de precisión, se deslizan por el hielo sobre zapatos de suela blanda. Esto me sorprende como algo poco sincero, pero me imagino que se trata simplemente de otro de los torpes intentos de Dash por congraciarse conmigo.

Cuando Dash me los trae, adivino por la mirada de sus rostros que siguen instrucciones estrictas sobre cómo comportarse. Me estrechan la mano uno por uno: Dash Júnior, Bobby, Wayne y Dart. Cada hijo mío es una variación de lo mismo.

—Enhorabuena, mamá. Estamos realmente orgullosos de ti. —Se quedan detrás de Dash hasta que este les dice que pueden ir a comer.

Dash también me dedica un cumplido:

—Lo hiciste genial, Molly. Es asombroso. —Es un elogio bonito y debería saborear este momento en el que tengo mi pie sobre su cuello, en sentido figurado. Después de todo, fue él quien desdeñó la producción literaria del cuarto de la colada cuando vivíamos juntos en la Tierra del Hielo y la Nieve.

Pero descubro que no disfruto de mi posición de superioridad. Me siento como despegada, aunque sí advierto que Dash parece incómodo y que sus ojos están un poco mortecinos. Como una idiota, se lo hago notar junto con alguna implicación semidesagradable que da a entender que tal vez no está demasiado contento con mi éxito, y no puedo creer que lo estoy diciendo, porque desde que vino a California nunca ha dicho ni ha insinuado nada por el estilo. Y me salvó la vida al sacarme de México.

Pero Dash no se ofende.

—Me alegro de que lo hayas conseguido, Molly. Solo eso. —Y se dirige hacia la fiesta—. Yo no soy así.

—Ya lo sé, tú eres como Miller Beer y el juego de los Rangers.

—De acuerdo... Creo que ya has demostrado eso que necesitabas demostrar. —Entonces se aclara la garganta como si fuera a decir algo importante, algo difícil—. Y he hecho algunos cambios, que han sido como un grano en el culo para mí, pero está bien, porque de vez en cuando un hombre tiene que hacer algo que no quiere hacer. —Me mira esperando mi reacción, pero no sé qué decir a esto—.En cualquier caso, lo que quiero decir es que esperaba que lo notaras. Llevo un tiempo esperando y supongo que en realidad no sé cuánto más puedo seguir así.

Parece sincero y creo que debería sentirme conmovida, pero solo puedo pensar: «Bonito detalle, Dashermeister. Arruina mi gran noche, ¿por qué no?». Sin embargo, no lo digo. Me limito a quitarme los patines, le doy un golpe con la cadera accidentalmente al pasar a su lado y se le derrama la bebida sobre el hielo de plástico.

Arnold y Sylvester llegan bien entrada la velada, tal y como prometieron. Esto coincide aproximadamente con el cambio del tiempo. Se han hecho toda clase de extrañas predicciones meteorológicas, como un huracán de proporciones tropicales (que nunca suceden en el sur de California), y un científico de Cal Tech ha declarado que se aproxima un gran tsunami. El tsunami, la ola gigante que llega cada treinta o cincuenta años, vacía los puertos y destroza la costa con un muro de agua de quince metros de altura, normalmente solo golpea alrededor de Japón, y todos en L.A. se quejan de que este tiempo es simplemente otra forma de ocupación japonesa. Al igual que todos los demás, he llegado a acostumbrarme mentalmente a los incendios, los deslizamientos de tierra y los terremotos, pero ¿un huracán y un gran tsunami?

Arnold y Sylvester tienen cara de estar sufriendo el *jet-lag*, lo cual es de esperar en un par de magnates que han estado trabajando como locos en el terreno de las franquicias y las promociones. Pero lo que no esperaba era que también tuvieran una expresión dolorida y aterrorizada. Sylvester toma la palabra rápidamente.

—Molly, estábamos de regreso a casa en el Lear cuando por fin tuvimos oportunidad de leer la copia final de tu libro y creemos que hay algunos... problemas importantes. —Arnold recompone su rostro en forma de bloque helado mientras Sly continúa—: Es cierto que sabíamos que tu historia incluía una subtrama romántica...

—Eso es.

—Pero, según lo que acabamos de leer... Marga... esto... tiene una relación romántica con mi personaje Marcus Aurelius y después, dos años más tarde, ella... eh... tiene un romance con el personaje de Arnold, Catullus Brutus.

Pienso en todo lo que me han enseñado Sly y Arnold, por ejemplo, que debes aprovechar todas las oportunidades para aumentar la acción, a veces incluso con una acción que acarrea otra. Supongo que estoy intentando calcular la naturaleza exacta de sus objeciones.

—Ah, ¿entonces crees que ambos romances deberían desarrollarse simultáneamente? —pregunto—. ¡Qué gran idea! ¡Eso demostraría la fiera independencia y la total libertad de Marga tan... tan gráficamente!

Sylvester baja la vista hacia sus zapatos.

—Bueno, estábamos pensando que tal vez Marga podría usar su total libertad para elegir la monogamia.

—Ese es un concepto muy patriarcal.

—Pero Molly, vivimos en una cultura patriarcal —señala Sly.

—Hay que mirar el cuadro completo —les digo—. El hombre macho está en franca retirada. Es hora de adaptarse a algo nuevo. ¿No está claro que esta una oportunidad fantástica para mostrar al mundo que Arnold y Sly están por encima de los convencionalismos?

—Mira, Molly, no vamos a jugar a ser... los *toy boys* de tu heroína. —El rostro de Sylvester se está poniendo rojo y parece... bueno, parece realmente enfadado. Arnold se está frotando las sienes.

De acuerdo... Habiendo pasado la mayoría de mi vida adulta viviendo con cinco hombres, debería reconocer el tono del macho herido. Y lo último que quiero es herir a Sly y Arnold, así que intento decir algo conciliador, pero lo único que consigo balbucear es:

—Bien... bien... porque lo que en realidad estoy pensando es que esta es mi historia, ¿no?

—Tendrás que hacer cambios —dice Sly mientras Arnold asiente enfáticamente.

—Pero es demasiado tarde para cambiar nada. El libro ya está publicado. —Aquí hago un gran gesto agitando las manos con desesperación.

—Bueno, espera un minuto, Sly —interrumpe Arnold con su voz de solucionador de problemas, la voz que aborda el hambre en el mundo y cosas así—. Muchísimas veces el libro tiene un final diferente que la película. ¿Por qué no podemos dejar que Molly deje el libro a su manera y después simplemente hacemos los cambios que sean necesarios para la película?

Sylvester respira profundamente.

—Entiendo tu punto de vista. No es demasiado tarde para la película. Podemos recortarlo para que haya una sola subtrama romántica y le daremos a la historia un final de acción realmente grandioso.

Me cruzo de brazos y coloco mi cuerpo en una pose de estatua.

—Yo creo que no, compañeros. Esto lo tengo muy claro. —les digo con autoridad en el tono de voz.

Tanto Sylvester como Arnold empalidecen con un color enfermizo, y Sylvester toma asiento en completo silencio. Supongo que para ellos esto debe ser como una pesadilla. Así que decido que es mejor explicarles las cosas lentamente:

—He tardado en comprender que todo este tiempo, de forma completamente inconsciente, he estado escribiendo una clase de historia diferente. Y he tenido que buscar mucho en mi interior para reconocer exactamente lo que he estado haciendo y cuál es el resultado inevitable.

Capítulo veintiocho

Tengo que quedarme despierta toda la noche hablando con ellos.

Simplemente parece que no pueden aceptar el hecho de que la libertad personal necesita ser el elemento de conclusión. El final es la parte más potente de la historia y la victoria en una guerra simplemente no me satisface. El amor es más fuerte que la guerra, ¿no es cierto? El corazón es el músculo más importante del cuerpo, ¿verdad? Les sugiero que tal vez es una cosa de chicas y que, como son hombres, no necesitan entenderlo, pero se limitan a fruncir el ceño, recolocar sus cuerpos en posición de mando e intentar convencerme para que lo reescriba.

En un momento dado, creo que uno de los dos llamó a un abogado, probablemente después de que les explicara cómo, en virtud de mi incapacidad para firmar ese contrato legal que no hacían más que dejar en mi oficina, todavía soy la dueña de la historia... exclusivamente. Y, como dueña, los futuros cambios se realizarán únicamente a mi sola discreción.

Me amenazan con abandonar la película, pero no los creo, más bien creo que entrarán en razón. Por extraño que parezca, no me siento muy implicada en esta discusión. Me siento completamente aislada de las violentas emociones que giran a mi alrededor porque sé que esto es lo correcto. Y cuando tienes esa sensación, esa certeza que te llega hasta los huesos, es cuando te mantienes firme.

Sylvester y Arnold discuten toda la noche, y afuera el viento ruge con fuerza. Miro por la ventana y parece un decorado de exteriores para la película *Cayo Largo*, cuando están esperando la llegada del gran huracán que lo destruirá todo.

Al llegar el amanecer hay actividad madrugadora en el complejo y sé que el motivo es que hay una evacuación programada durante esta pausa temporal de la tormenta. Lo sé porque anoche la cadena de televisión por cable no dejó de interrumpir el canal de teletienda (al que había recurrido para escapar de Sly y Arnold) con boletines de emergencia a causa del tiempo.

Personalmente no creo que se trate de una emergencia real y encuentro todo el asunto muy entretenido, pero después de la discusión que se prolongó durante toda la noche, estoy demasiado cansada para sugerir que, en esta tierra de desastres, esta tierra en la que los incendios, los terremotos y las tragedias en la autopista son casi habituales, ¿por qué arman un alboroto tan grande por un poco de lluvia y viento?

Así que adopto una postura solitaria en la escalinata de entrada entre las columnas de estilo neocorintio para contemplar lo que sucede a mi alrededor. Es la primera vez desde que vine a L.A. que el cielo está verdaderamente oscuro.

Sylvester y Arnold me siguen aquí fuera todavía intentando persuadirme, pero rechazo el impacto de sus argumentos distrayéndolos con objeciones históricas y esotéricas totalmente irrelevantes. Esto les provoca un ataque de nervios.

Barb es la primera en aparecer en el exterior de la mansión, vestida con ese traje rojo a lo Nancy Reagan que llevaba puesto cuando llegó por primera vez. Trae consigo sus dos enormes maletas y la maletita de cuero de Mitch. Hace un gesto para que se acerque Snake y comienza a dar órdenes.

—Mete nuestras cosas en el auto. Nos vamos al aeropuerto.

Al oírlo, Sylvester interrumpe su larga y apasionada diatriba dirigida a mí para comunicarle a Barb que el aeropuerto está cerrado. Sugiere que Mitch y ella sean evacuados con el resto del personal y señala hacia un monovolumen que transporta a Lucky, Nick, Trip, Vinnie y demás personal de la mansión.

Barb arquea las cejas.

—Yo creo que no. ¿Y tú? Iremos contigo.

—No puede ser, Barbie. Snake nos va a llevar a Arnold y a mí a casa de Clint. Molly, tú te vienes.

Sacudo la cabeza para negarme.

—Insistimos —dice Sylvester.

Empiezo a sonreír socarronamente. ¿Qué va a hacer? ¿Levantarme y meterme a la fuerza en el auto? Entonces se me ocurre que tal vez esos sean sus planes exactos.

Al oír el ruido del Humvee, me vuelvo y veo a Betsy saliendo del vehículo. Camina hacia Sylvester, lo rodea con sus brazos y dice:

—Olvidé recoger la fruta y el agua importada.

—No pasa nada —responde Sylvester—. Al menos has logrado llegar hasta aquí.

—No voy a hacer un viaje en auto con ella —le digo a Sly.

Sylvester me dedica su mirada de pesados párpados.

—Quería hablar contigo sobre Betsy. Planeamos este proyecto...

Su voz se desvanece. Solo oigo retazos del resto de su explicación, algo sobre una colaboración entre Cal Tech, el M.I.T. y la gente de Arnold para hacer una especie de película sobre el heroísmo medioambiental. Oigo palabras como realismo, esperanza en el futuro y Chernóbil, así que sé que es un montón de porquería.

También sé qué pretende. No es que crea que Sylvester es de mi propiedad ni nada por el estilo. Por supuesto que puede tener las relaciones que elija. Pero traer a esa mujer en un viaje con Arnold y conmigo, añadir una extraña a los Tres Mosqueteros me parece un acto de deslealtad.

Dash y los niños aparecen por detrás de la casa principal. Traen sus bolsas de lona que arrojan al interior de Victor, y tengo ese pensamiento retro, anticuado y momentáneo de que debería ir con ellos. En lugar de eso, me acerco y doy un beso de despedida a los niños. ¡Parecen tan jóvenes y fuertes! Huelen al jabón de su ducha matutina.

Mitchell entra en un descapotable rojo alquilado que no tenía anoche.

—Entra —le dice a Barb, y por una vez ella hace lo que le diceMitch.

—He puesto firme al equipo por ti —le comenta Mitch a Dash—. ¿Sabías que se llevaban leña a casa?

Dash parece divertido.

—Gracias, Mitch. —Este se despide con la mano y se aleja conduciendo. Ya ha abandonado la carretera de entrada y Dash está solo cuando sucede lo siguiente.

Como salido de la nada, el oscuro cielo se abre y una brillante sinapsis forma un rayo que golpea la tierra. La porción de cielo que está justo a la espalda de Dash está tan intensamente iluminado que parece un flash fotográfico gigante, con tanta potencia que solo veo el perfil negro del cuerpo de Dash. Entonces el rayo golpea el suelo y viaja.

No recuerdo ver a Dash derrumbado, pero sé que he estado inconsciente. Lo sé porque, cuando me despierto, estoy tendida boca abajo sobre el mantillo de un parterre de flores y mi primera sensación es el olfato: el mantillo húmedo y mohoso, la hierba recién cortada y las orquídeas inglesas a pocos metros de distancia.

Intento mover los dedos de la mano y después los pies, y funcionan. Me incorporo. De hecho, me doy cuenta de que mi cuerpo se mueve mucho más fácilmente que antes de desmayarme. Es como si hubieran lubricado mis articulaciones o si un quiropráctico me hubiera realineado las vértebras de forma especialmente efectiva. También me siento extrañamente tranquila y relajada.

Me pregunto qué me ha ocurrido. Si me ha golpeado un rayo, ¿no debería estar muerta? Tal vez se trataba de una bola de luz en movimiento. Quizás estaba lo bastante cerca para que me atravesara, pero no lo suficiente para matarme.

Camino hasta donde está Dash tendido boca abajo sobre la hierba. Los niños están ilesos. Se apiñan alrededor de Dash con asombrada incredulidad. Ahora ya sé que estoy bien, pero pienso frenéticamente: «¡Oh, no, Dash no puede estar muerto! No puede estar muerto. Le haré el boca a boca». Pero no sé hacer la reanimación boca a boca. Me pregunto si podré hacer algo que se aproxime al boca a boca con algún tipo de resultado satisfactorio. Sé que tengo que intentarlo. Pero, antes siquiera de inclinarme sobre él, Dash empieza a mover las piernas, abre los ojos y se sienta.

Todos nos reímos con alivio nervioso y ayudamos a Dash a recuperar el equilibrio cuando se incorpora en una posición temblorosa. Mientras se levanta, noto con sorpresa que hay una débil luz alrededor de su cuerpo. Como si brillara a causa del rayo. Sé que es imposible. Así que tal vez sea una imagen que mi retina ha conservado del suceso original.

No lo sé. No me importa, simplemente estoy contenta de que esté vivo. Arrojo mis brazos a su cuello y aprieto la cara contra él. Y entonces es cuando noto lo bien que huele. Probablemente sea solo jabón y colonia, pero, ¡vaya, huele genial! Retrocedo un paso para mirarlo con atención. Dash siempre ha sido un hombre atractivo, pero, después de un tiempo casada, tiendes a olvidar esas cosas. Y han transcurrido dieciocho años.

Sigo sorprendida por lo atractivo que es. Quiero decir que, seamos claros, Dash está macizo. ¿Cuánto tiempo ha pasado desde la última vez que lo noté? No lo recuerdo. Y tampoco recuerdo a Dash con un aspecto tan atractivo desde... bueno, desde el principio.

Vuelvo a mirarlo detenidamente. Mientras estudio sus facciones rectas y sus grandes ojos grises, el viento levanta un mechón de su oscuro cabello dorado rojizo que le cae en medio de la frente, y en este momento se me ocurre que ahora advierto los sutiles matices de tonalidad de su cabello. Dash me dedica una mirada. ¿Qué tiene para que sea adecuado para mí? ¿Por qué hace que me sienta mareada? ¿Y por qué me gusta?

Se me erizan los pelitos de la nuca. Muy ligeramente, y de forma totalmente inconsciente e independiente del resto de mis funciones corporales, mi corazón acelera su latido.

Entonces recuerdo que la única faceta en la que Dash nunca me ha decepcionado es el dormitorio. Él debe de estar pensando lo mismo porque, olvidándonos de todos los demás, ambos caminamos en dirección a la casa.

Los niños ni siquiera se dan cuenta. Han empezado a jugar al hockey callejero con bolas de papel arrugado y cinta adhesiva. Pero Sylvester parece haberlo adivinado, porque los conduce como a un rebaño a su auto y nos grita:

—Yo me encargo de la banda. Hay un refugio para tormentas en el sótano. Totalmente equipado: vino, estéreo y cama de dos metros.

Vuelvo la vista hacia Sylvester y Arnold. Parece que están muy lejos y son un poco pequeños. Me doy cuenta de que ambos tienen cabello castaño con un corte perfecto. Noto que van demasiado acicalados y demasiado arreglados. No me entiendas mal, los quiero como a hermanos y siempre seremos amigos, pero ¿las joyas de oro y la camisa Versace de seda negra no son demasiado? ¿Y el enorme puro Winston Churchill de Arnold no es un poco afectado? También noto que da igual lo que digan las revistas, ninguno de estos héroes de acción mide más de metro ochenta y siete, mientras que mi esposo tiene certificados un metro noventa.

Siento el brazo de Dash sobre mi espalda, y esa ligera presión, combinada con mi intensa percepción de su presencia física, lo es todo para mí, así que continúo caminando hacia la casa.

Mientras me despido con la mano de Arnold y Sly, sigo notando pequeñas cosas de Dash, como el hecho de que su cabello es normal, sin estilismos de peluquería, y que a lo largo de este año se ha tornado ligeramente gris alrededor de las sienes. No lleva puesto ningún tipo de joyería y nunca se viste de negro. Mientras miro alternativamente a Schwarzenegger, Stallone y Dash, no puedo evitar notar que, no solo en cuestión de altura y estilo, sino también en cuestión de dulzura y fortaleza... mi esposo es más grande que los otros dos.

Epílogo

Ahora vivo en Idaho. Montana estaba demasiado lleno de gente. Sí, estoy viviendo en la tierra de Hemingway.

Dash, los niños y yo tenemos una preciosa casa cerca de Big Sky con nuestra propia pista de hielo en el jardín trasero y nuestro propio Zamboni. Bueno, en realidad son dos casas. Aunque somos copropietarios de la finca, cada uno tenemos nuestra propia casa. A Dash no le enloqueció precisamente la idea, pero no dependía de él. Yo lo veo de esta forma: Sí, creo que Dash es el mejor par de pantalones que haya caminado jamás sobre la faz de la Tierra, pero eso no cambia el hecho de que está a prueba. Y, aunque no lo estuviera, he adoptado una nueva filosofía en lo que se refiere a los hombres. La he tomado de la sabiduría de Charles Dickens: «Hazlos reír, hazlos llorar, hazlos esperar».

Al lado de mi casa, Dash me ha construido un estudio para escribir. Ahora estoy trabajando en una nueva novela histórica y épica. El único problema que he tenido es el teléfono. No me dejan en paz estos chicos de Hollywood. Quieren consultarme todos sus proyectos. Algo relativo a entretejer la subtrama romántica como una parte más integral de la historia. Pero todo gira en torno al dinero. Es el dinero el que llama... siempre.

Las grandes películas de acción ya no están recaudando como antes. Las audiencias ansían las antiguas virtudes. Las revistas están llenas de artículos sobre la muerte del héroe de acción a la antigua usanza que vivía en un reducido mundo minimalista y la urgencia de disponer de historias de personajes, contextos históricos y romance.

Sylvester y Arnold no me dejan en paz. Están enfrascados en esta enorme pelea sobre dónde voy a comprar mi casa para esquiar. ¿Será en Telluride o en Aspen? Yo no hago más que decirles: «Chicos, no os peleéis o me compraré unacasa en el Caribe», y eso los hace callar una temporada... hasta que vuelven a intentar descubrir el argumento de mi nueva novela épica. Los dos quieren participar, aunque lo único que saben sobre el proyecto es que es una gran saga histórica.

Los de desarrollo creen que mi historia es imposible de filmar, políticamente incorrecta y tremendamente improbable. Creen que hay demasiado romance y demasiados personajes, y además la historia es demasiado larga. Pero quieren que la escriba de todos modos. Soy la única a la que le permitirán hacerlo. Supongo que es porque soy la prueba viviente.

Los rayos *sí pueden* golpearte dos veces.

About the Author

Nací en Elizabeth, Nueva Jersey el 31 de Octubre de 1947 - Halloween.

Fui a la Universidad de Syracuse para estudiar derecho, ser abogada cuando había muy pocas mujeres practicando derecho. Tuve éxito y tenía memoria fotográfica, lo que me ayudó enormemente. El libro es producto de mi imaginación, escrito entre casos judiciales cuando me aburro.

CPSIA information can be obtained
at www.ICGtesting.com
Printed in the USA
BVHW030752130919
558270BV00024B/122/P